보람 있는 삶의 행복

공노석 회고록

소나무 자생력과 상징성의 표상(表象)
－나 이렇게 살았노라. 松山－

청어 ^{도서출판}

보람 있는 삶의 행복

공노석 지음

발 행 처 · 도서출판 **청어**
발 행 인 · 이영철
영　업 · 이동호
홍　보 · 천성래
기　획 · 남기환
편　집 · 방세화
디 자 인 · 이수빈 | 김영은
제작이사 · 공병한
인　쇄 · 두리터

등　록 · 1999년 5월 3일
(제321-3210002510019990000063호)

1판 1쇄 발행 · 2021년 11월 10일

주　소 · 서울특별시 서초구 남부순환로 364길 8-15 동일빌딩 2층
대표전화 · 02-586-0477
팩시밀리 · 0303-0942-0478

홈페이지 · www.chungeobook.com
E-mail · ppi20@hanmail.net
I S B N · 979-11-5860-986-3(03810)

보람 있는 삶의 행복

공노석 회고록

소나무 자생력과 상징성의 표상(表象)

-나 이렇게 살았노라. 松山-

송산에 대한 기억들

서정기

나이가 들어갈수록 우리가 어렸을 때의 친구를 찾아 더 만나려 하는 것은 그 과거가 우리를 평온하게 하고 행복하게 감싸주기 때문이다. 설령 우리가 그 어린 시절 곤궁하고 고통스럽게 지냈다고 하더라도 그 시절은 아름답게 채색되어 우리 앞에 천천히 나타난다.

왜냐하면 그 시절 우리의 눈에 비치는 것은 때 오직 때 묻지 않은 세상. 무구한 친구들만 존재하기 때문이다. 훗날 우리가 험한 세상을 살아가면서 어떻게 변하더라도 그 무구한 모습은 우리 내부에 고스란히 남아 있기 마련이다. 그래서 어린 시절을 회상하는 것은 잃어버린 낙원을 되찾는 일이다. 성인이 되고 사회생활을 하면서 겪는 고통이나 번뇌 같은 어린 시절의 기억 속에서 봄바람에 눈 녹듯 사라지고 만다. 내게 무구한 그 세상을 되찾아주는 친구들, 몇 되지 않는 귀한 친구들 중의 하나가 바로 송산이다.

 얼마 전 송산에게서 전화가 왔다. 만난 지 오래 되었으니 얼굴이나 잠깐 보자는 말도 코로나 때문에 입 속에서 맴돌다 사라지던 차에 회고록을 쓰고 있는데 발문을 써 주었으면 한다. 그러마 하고 서슴지 않고 대답을 했다. 글 쓰는 일을 멈춘 지 벌써 수 년이 흘렀으니 좀 부담이 될 수도 있었겠지만 그런 생각은 전혀 떠오르지 않았다. 왜냐하면 육십 년 가까이 긴 시간동안 그를 때로는 가까이에서 때로는 멀리서 지켜본 나로서는 그의 회고록이 단지 그의 지나간 삶을 되짚어보는 단순한 책이 아니라 뒤에 오는 이들의 귀감이 될 수 있겠다는 믿음에서였다.
 나이가 들어갈수록 우리가 어렸을 때의 친구를 찾아 더 만나려 하는 것은 그 과거가 우리를 평온하게 하고 행복하게 감싸주기 때문이다.
 내 뇌리에 지금도 생생히 박혀있는 송산에 대한 내 최초의 기억은 중학생시절 다른 친구들과 여름날의 뜨거운 햇볕을 머리에 이고 이십여 리를 걸어 그의 집에 갔을 때였다. 빗질 자국이 선명하게 남아 있는 마당 한쪽에 하얀 한복 차림의 어르신 한 분이 서 계셨다. 어두운 배경에서 툭 튀어나온 듯한 느낌이었다. 시골이라는 배경과는 전혀 어울리지 않는, 단아한 선비 느낌을 주는 분이셨다. 우리에게 이것저것 물어보실 때 시골 사람 답지 않게 말소리는 낮고 자상하셨다. 그런 아버님 모습을 대하고 나니 자신이 공자의 77세손이라고 자랑삼아 말하던 송산의 말에 수긍이 갔다. 그 후 보아온 송산의 올곧은 삶은 아마도 그의 부친에게서 물려받은 것이리라.

두 살이나 더 어렸고, 맨 앞줄에 앉을 만큼 덩치가 작았던 나에게 송산은 어른 같은 느낌을 주었다. 그는 덩치가 다부졌고 말소리에 힘이 있어 어떤 카리스마 같은 것을 느끼게 했다. 그가 대대장으로서 전교 학생 조회 때 구령을 외치면 우리 학생 모두는 일사분란하게 그의 구령에 따라 움직였다. 마치 어떤 마법에 걸린 듯한 느낌이었다. 그의 카리스마는 그렇게 외적인 것에만 그치는 게 아니었다. 지금도 쓰고 있는지 물어보지 못했지만 그의 붓글씨에는 힘이 넘쳐났다. 힘이 있는 글씨라는 게 이런 것이구나를 내가 처음 알게 된 것이 바로 그의 글씨를 보았을 때였다. 나도 글씨 좀 쓴다고 생각을 했었는데 내 글씨는 글씨가 아니라는 자괴감을 느끼게 한 사람이 바로 그였다.

송산이 건설회사의 이사로 승진했다는 소식을 같은 분야에서 일하던 친구가 전해주었을 때 나는 반신반의할 수밖에 없었다. 왜냐하면, 지금도 별로 달라지지 않았겠지만 학벌이 사회를 전반적으로 지배하던 팔·구십 년대에 고졸의 학력으로 입사했던 그가 이사로 승진했기 때문이다. 은행에서도 일단 고졸자 자격으로 입사하면 후에 그가 대학을 졸업했다 하더라도 고졸자 대접만 받던 시절이었다. 그런데 그가 이사로 승진했고, 그것도 당시에는 내로라하는 굴지회사의 이사로 승진한 것이다. 그 분야에 문외한이던 나도 그가 일하던 라이프주택이 얼마나 큰 회사인지 알고 있었다. 다른 회사들이 회사의 이름을 빌어 아파트단지의 이름을 짓는데 반해—예를 들면 현대아파트, 대우아파트, 우성아파트 등등— 이 회사는 여러 개의 이름을 붙이는 게 특이했다. 내가 알고 있던 이름만 해도 진주, 장미, 미성, 라이프 아파트 등이 서울 시내 곳곳에 보이곤 했다.

사실 곰곰이 따져보면 그는 스물다섯에 공채로 입사해서 서른 살에 이미 부장으로 진급했으니 어쩌면 그 승진이 당연한 일이었을지도 모르겠다. 그러나 이사는 군대로 치면 별이라고 하지 않던가? 하늘의 별을 따는 일이 어찌 그리 쉬울까?

얼마 후 그의 승진을 축하하기 위해 친구들 네 명이 여의도 백상빌딩의 한 식당에 모였다. 이런 기쁜 잔치에 어찌 술이 빠질 것인가? 우리는 부어라 마셔라 했지만 송산은 소주 두 잔 마시고 잔을 내려놓았다. 아무리 우리가 권하고 얼러도 그는 더 이상 술을 입에 대지 않았다. 합기도로 단련된 그의 덩치를 보면 말술쯤 할 것 같기도 하고 "노가다" 판에서는 술 마시지 못하면 아랫사람들 휘어잡지 못한다는 말도 들었던 터라 한사코 잔을 거절하는 그에게 섭섭한 생각도 들고 민망하기도 했다.

식당에서 나올 때 송산이 내게 말했다.

"내일 현장에 나가야 해서 오늘 술 마시면 안 된다."

나는 그 말이 무슨 뜻인지 단박에 알아차렸다. 나도 평생 강의 전날에는 술 마신 적이 거의 없다. 자칫 강의 중 실수할 위험도 있고, 또 그것이 학생들에 대한 예의라고 생각했기 때문이다. 결국 그의 놀라운 승진은 자신에 대한 엄격함에서 비롯한 것이리라. 누군들 승진했다는 기쁨을 어린 시절부터 모를 것 없이 친하게 지내온 친구들과 자랑스럽게 나누고 싶지 않았겠는가? 그는 그러한 즐거움을 희생해가며 회사의 일에 열과 성을 다한 것이다. 그러하니 그의 승진은 당연한 결과였을 것이다.

자신에 대한 엄격함만이 그의 장점은 아닐 것이다. 바쁜 와중에도 여러 대학의 최고경영자 과정에서 수학하는 배움에 대한 열정, 꼭 가톨릭교도여서가 아니라 인간으로서 남모르게 쌓아온 공덕 등이 그를 빛나게 해준다.

그 사람이 내 친구야 라고 남들에게 드러내 자랑할 만한 친구를 갖는다는 것은 얼마나 큰 복인가. 나는 송산이 자랑스럽고 그가 친구라는 것이 고맙다.

서정기

충청남도 천안시 성환 출생
서울대학교 인문대 불문과 및 동 대학원 졸업
프랑스 그르노블대학 문학박사
건국대학교 불문과 전임강사
한국방송통신대학교 불문학 교수
(학생처장, 인문대학장 역임)

필자가 중학 3년 시절, 대대장으로 전교생 앞에서 교장선생님께
"차렷! 경례! 열중쉬어!" 외치는 모습(꿈 많던 소년기, 1966년에)

허공(虛空)이 되셨네요 — 이용우

곡부(曲阜)에서 태어난 77세 공(孔) 하나

걷고 걸어서 망팔(望八)에 이르노니

텅 빈 공(空)이 되셨네요

그 허공(虛空) 찾으려고

세월 깊숙한 곳곳을 거닐면서

태양이 두 개 뜨는 불가사의 경지까지

다녀오셨지요

수많은 사람들이

인생이란 한 가운데 갇혀 살기 싫어서

그 공(空) 하나 어디쯤 가면 찾을까

피를 토하는 염원에

솔뫼골 지나 마음 하나 심어놓고

무신불립(無信不立) 앞세워 자아실현을 지나

아무것도 없는 무위(無位) 무루(無漏)의

세계를 걸으셨네요

그 공(空) 화려할까봐

스테파니아의 손수 손길로 닦아내고

그 공(空) 무거울까봐

하루도 막힘없이 비워내는 스테파노!

모든 이의 가슴을 황홀케 합니다

자택 앞 호수공원 설경과 동토의 용송(龍松)

드디어 세상을 달관하셨습니다

이용우

    공자의 77세손으로 태어나 풍진 세상을 살아오면서 어느덧 72세에 이르니 인간으로서 오를 수 있는 달관의 경지까지 올랐습니다.

    이 달관에 이르기까지 욕망과 야망, 물욕과 시기심 등 세상의 모든 평지풍파를 다 겪으시며 엄청난 고난을 인내하셨습니다.

    무릇 인간이란 늙어가면서도 개인적 욕망과 사리사욕에 머물러 이상적 인간상을 간파하지 못하는 것이 허다할 뿐만 아니라, 또한 후회하며 자신을 되돌아 볼 때는 이미 때가 늦었습니다.

이러한 사람들보다 앞서 일찍이 공산에 푸른 소나무를 닮은 청송(靑松: 호呼)처럼 우뚝 서서 신뢰와 믿음이 없다면 그 자리에 설 수 없다는 공자님의 무신불립(無信不立)의 이치를 신조로 삼아 자신의 마음을 갈고 닦으니 인간의 최고 욕망단계인 자아실현의 욕구를 넘어선 텅 빈 허공에 도달하여 채워도 채워도 아무것도 없는 무상의 세계로 들어선 것이지요.

텅 비어있는 허공에서 아내 스테파니아는 손수손길로 모든 것을 받아들이고, 주인공 스테파노는 관조로서 세상을 바라봄에 모든 이들에게 희망을 주는 선망의 대상이 되었다 하겠습니다.

시인 이용우(李龍雨)

내무부장관 비서실장
경찰대학 기획부단장
국회의원 보좌관(12~16대)
국제팬클럽 대회 협력위원
아태문인협회 부이사장

송산 공노석 스테파노 회장의 회고록
출판을 축하하며

김성곤

송산 공노석 회장을 안 것은 필자가 15대 국회의원 시절 서강대학교에서 개최한 STEP 고위정책과정 17기를 함께하면서이다. 그 후 지금까지 25여 년을 원우로서 자주 만나며 교분을 쌓고 있다. 이번에 『보람 있는 삶의 행복』이라는 회고록을 낸다고 하여 기꺼이 축하의 글을 보내기로 했다.

일찍이 그는 1970년대 굴지의 건설업체인 라이프주택 사원으로 입사하여 30세에 부장이 되고 39세에 임원이 될 만큼 일찍이 능력을 인정받았다. 44세에 독립하여 일심주택과 서공건설을 창립하여 30년 가까이 건실한 기업인으로서 부동산 경제의 해박함과 건축에 관한 남다른 애착과 자부심으로 직업사랑이 대단하다.

건설업에서 잔뼈가 굵었지만 건설업의 "노가다"란 부정적인 모습은 전혀 없고 공자님의 77세손답게(현재 그는 곡부曲阜공孔씨 서울종친회장이다) 늘 넉넉하고 인자한 모습이다. 또한 그는 독실한 천주교 신자로서 스테파노라는 세례명을 갖고 있다. 스테파노는 최초의 기독교 순교자이며 언제나 사회적 약자 편에 있던 고 김수환 추기경님의 세례명이기도 하다. 그 세례명에 부합되도록 살려하며 "부끄럽지 않게 살겠다."는 마음이 투철하며 늘 그는 주위의 어려운 사람을 도와오며 자타가 인정하듯이 '보람 있는 삶'을 살아온 사람이다.

충남 아산이 고향인 공 회장은 부인 이경복 스테파니아 여사와 사이에는 2남과 손주 둘이 있는데 곧 결혼 50주년과 금년은 이여사의 고희라 한다. 그의 송산(松山)이라는 호가 의미하듯이 여생도 푸르고 곧게 그리고 주위의 많은 사람들에게 은혜를 베풀며 행복하게 사시기 바란다. 송산 공노석 회장님과 사모님, 그리고 가족들 모두에게 축하드린다.

김성곤
15, 17, 18, 19대 국회의원
전 국회 사무총장

저술을 준비하며

때는 2020년 여름 어느 날.

연초부터 코로나19바이러스가 창궐하여 온 나라가 비정상으로 온 국민이 마스크를 쓰고 살며 사람 만남을 기피하는 현상을 넘어 팬데믹으로 글로벌 시대에 온 세계가 왕래를 못하는 봉쇄로 평범한 일상이 행복이었음을 깨닫고 살며 삶의 의미를 재정립해야만 될 때, 나라는 부동산 정책 실패로 폭등하는 집값에 거주의 자유와 행복추구권 박탈감으로 "영혼까지 끌어다 집을 사야 한다."는 영끌이란 말이 신조어로 난무하고 횡행하는 상황에서 집을 소유한 사람들은 재산세 급등으로 삶의 가치 상실감과 소득주도 성장론의 경제정책 실책에 코로나19 여파로 자영업과 소상공인들의 폐업과 실업자 급증으로 서민들의 삶이 피폐한 상황에서 정치권의 검찰개혁이란 이전투구(泥田鬪狗)로 국민들은 이념과 진영으로 분열되고, 법치와 정의와 상식의 실종으로 인권과 자유와 민주가 사상누각(沙上樓閣)될 듯하여 많은 국민이 나라의 현실을 걱정하며 가치관도 혼란스러워하고 내 삶의 가치관에도 부합하지 않기에 카톡방 지인들에게 "合理主義者(松)"이라는 필명으로 현실을 비판하고 평가하는 글을 써서 공유할 때에 아내가 "책을 써보지 그러느냐" 하는 말에 용기 내어 중학시절 절친과 두 가지 약속의 꿈이었던 것 중 하나의 저서를 하려고 준비하기 시작했다.

학문적 자의(自意)와 철학은 존중되고 인정해 주리라는 믿음과 기대하는 마음으로 서술하려 한다.

하지만, 학력이나 학위가 실력 이전에 전제되고 만연(漫然)한 시대에 나의 미약함을 알기에 스펙이 좋고 저명함의 선입견을 타파하려고 그런 사람들의 저서에 준하는 글을 쓰려고 인용하고 표절하는 것은 자존감 없는 과욕이라 생각되기에 참으로 크나큰 용기가 필요함을 다짐해 본다.

어느 작가의 글에서 읽었는데 "작가는 어떠한 영감으로 한 권의 책을 만들기 위해 '무엇을 하며 어떻게 쓰는가?'의 화두가 아니고 '삶을 어떻게 살 것인가'의 문제로 글을 쓰기위해 '좋은 삶을 살아야' 비로소 좋은 글이 나온다."는 글을 보았기에 한층 용기를 낼 수 있었다.

학위와 학력이 많다는 것은 캠퍼스에서 공부하고 배움의 기회가 많았다는 것이라 희망적 사항이고 바람직하기도 하겠으나 나에게는 그러한 기회가 부족했기에 주경야독 하였고 사회생활하며 "듣고 보고 만져보아 객관적 사실로 진리를 얻는다."는 실사구시(實事求是)와 "사물의 이치를 구명하여 지식을 얻는다."는 격물치지(格物致知)로 터득한 삶의 자체를 "옛것을 익혀 새것을 안다."는 온고지신(溫故知新)에 의한 사고(思考)로 글을 쓰려 한다.

70평생 살아온 인생이 특별하지 않고 아주 보편적이고 평범한 일상이라서 연륜에 의한 경륜으로 온고지신(溫故知新), 창의성에 의한 발전이었기에 많은 사람에게 공감 주며 이해의 폭이 넓으리라 보며 꿈 많던 청소년시절에 세웠던 인생의 로드맵을 만족하진 못하기에 한 가지라도 이루고자 한 시대 살아온 족적(발자취)을 남기고자 펜을 들고 있다.

삶에는 철학이 있어야 추구하는 방향으로 발전의 동기부여가 되기에 나에는 제일 중요시하는 삶의 철학으로 "자조, 절개, 의지, 신념, 신의, 장생의 상징성을 갖고 있는 소나무의 정신과 가치를 높고도 많이 쌓겠다."는 마음으로 순 우리말로는 '솔뫼'이며 한자로는 '松山(송산)'이란 호(號)를 선택하였으며, 삶의 지표에서 제일 중요시하는 철학으로는 무신불립(無信不立)

을 앉은자리 옆에 적어 놓고 항상 본다는 좌우명(座右銘)으로 삼
았고 믿음 즉, "신뢰(信賴) 없이는 살 수 없다."는 일념(一念)으로
책임 못질 언행은 않으려 하며 "남에게 피해주지 않겠다."며
살아온 것에 보람을 느끼고 나름대로 만족하고 있어 행복하다.

  믿을 신(信)에 의뢰할 뢰(賴)로 쓰는 신뢰(信賴)는 옳고 바른 자
신의 말과 행동으로 믿음이 얻어지는 것이라서 인간관계(人間
關係)와 물질거래(物質去來)에서 약속한 언행에 책임지는 신뢰가
전제되면 효과적이고 효율적으로 가심비(價心比)가 쌓여 결국에
는 가신비(價信比)가 되어 사랑으로 발전하여 행복으로 귀결(歸
結)된다는 신념(信念)을 갖고 살아왔다.

  나는 금혼이라는 결혼 50주년을 목전에 두고 아내의 고희를
맞이하여 성찰하는 마음으로 회고록을 준비하는 현재 시간들
이 평생에서 제일 보람을 느끼고 있기에 제일 행복한 순간들이
라서 언제나 그랬듯이 새벽 5시 라디오에서 울려 퍼지는 애국
가를 들으며 기상해 서재의 책상에 앉아 글을 읽고 쓰면서 하
루의 삶을 감사하는 마음으로 시작하여 오늘은 "국민들의 집
단지성(集團知性)이 높아 코로나 방역에서 모범국이 된 것에 결
과물이 되도록, 백신접종 조속히 되어 집단면역 이루어져서
모두가 평화로운 일상이 되고, 특히 사회적 약자인 소상공인

들과 자영업 하는 분들의 영업활동 정상화로 수익 창출이 일상
화 되어 즐겁고 행복한 삶이 되기를 기도하고" 하루의 일과를
시작한다.

서재 벽에 걸려있는 '松山(송산)' 아호 족자
(이제우 성균관대 동기의 친필, 선물에 감사한다.)

서재 벽에 걸려 있는 '無信不立(무신불립)' 좌우명 족자
(임승완 고교 선배의 친필, 선물에 감사한다.)

차례

보람 있는 삶의 행복

공노석 회고록

1
가정과 가족이
삶과 행복의 보금자리요
원천이다

◇ 가정은 삶에 보금자리

◇ 가족은 삶에 원천이고 동기부여다

◇ 뿌리 없는 나무는 없다

1
가정과 가족이
삶과 행복의
보금자리요
원천이다

◇ 가정은 삶에 보금자리

6·25전쟁(1950.6.25.) 100여 일 전에 충청남도 아산시 둔포면 신양리 농촌마을에서 만세사표(萬世師表)인 공자(기원전 BC 551년 탄신)의 77세손으로 태어났다. 어린 시절 마을 앞 논 옆에 있는 우물(웅덩이) 물을 생활용수로 먹고 자랐으며, 중학교 때 비로소 지하수 펌프로 퍼 올리는 물을 먹을 정도였고, 전기도 없어 호롱불 켜고 살아가는 전형적인 산골마을에서 초·중·고교 시절을 보냈는데, 군 입대 후 전기가 들어왔다.

어린 시절은 6·25전쟁 후라서 폐허가 된 최빈국에서 보리밥도 제때 못 먹어 보릿고개라는 말이 있고 빈곤과 전염병으로 취약한 환경으로 유아기 사망률이 높아 출생신고도 제때 못하던 극빈 국가가, 세계 10대 경제 강국이 된 현재 감동하고 감탄하며 감사한 마음으로 살고 있다.

대한민국 건국 75여 년 질곡의 역사에 산 증인으로 산업전선에서 산업역군의 일원이었던 것에 자긍심 갖고 가정을 이루어 현재의 천지개벽 된 환경과 문화의 대한민국에 산다는 극한 격세지감(隔世之感)에 만족하며 산골 소년이 행복해 할 수밖에 없는 것은, 현재의 좋은 옷과 맛있는 음식을 먹고 산다는 것이 어린 시절에 비하면 사치이기 때문이다.

나는 26세에 결혼하여 단칸 셋방에 가정을 꾸리기 시작했는데, 한번은 셋방에서 연탄가스 마시고 아내가 생을 달리할 뻔했다가 살아난 것이 천만다행이었기에 무한 감사히 생각하며 살고 있다.

그 시절 건설현장은 별 보고 출근하여 별 보고 퇴근하던 시절이라서 어쩔 수 없는 상황이었다지만 첫 아들 출산하는 날에도 병원에 있으면서 아내 돌봐 줄 시간 없이 현장 업무에만 몰두한 것이 항상 미안한 마음 간직한 채로 살아왔다.

손이 귀한 집안이라서 첫아들 태어나 세상 모든 것을 얻은

듯 기뻤지만, 사랑 표현할 시간 없는 직장 생활에 오죽하면 아내가 "당신은 회사와 결혼했지 자기와 결혼한 것이 아니지 않냐?"라며 푸념할 정도였기에 "젊어 고생은 참고 견뎌야 노년이 행복하다."는 말로 위로하고 양해를 구했던 적이 있었다.

직장은 삶의 수단이지만 나에게는 삶의 목적이고 목표였기에 "가족에게는 본의 아니게 소홀한 면도 있었다." 할 수 있겠으나 참고 견디며 인내해 준 아내가 있었기에 오늘의 내가 존재한다고 생각한다.

직장 생활에만 전념하여 남보다 앞서갈 수 있도록 가정을 지키고 건강하게 근무할 수 있도록 새벽밥과 늦은 저녁밥을 정성껏 준비해 준 것에 감사하며, 그 시기 세 끼 꼭 먹는 습관이 지금도 변함없이 세 끼를 챙겨 먹어야 할 정도이다.

지금도 "식생활로 못 고치는 병은 약으로도 못 고친다."며 위생적인 불신으로 외식을 지양하고 건강식 준비에는 둘째가라면 서러워 할 정도로 영양학 전문가 못지않게 식단준비에 몸을 아끼지 않는 정성에 감사한다.

노년기인 현재의 경제적 여유로움도 신혼 초부터 수입의 50% 이상은 저축하고 나머지로 생활한다는 원칙에 충실해준 아내의 덕으로 퇴직 후 사업자금의 초석이 되었다고 본다.

월급생활자는 쓰고 남는 돈으로 저축하려는 것은 실효성이 없기에 목적비용으로 "저축을 우선 하는" 것이 미래지향적이라 보았다. 이것이 흔한 말로 가화만사성(家和萬事成)에 기반한 행복지향(幸福指向) 유비무환(有備無患) 되려면 "공자"가 말한 "수신제가 치국평천하(修身齊家 治國平天下)"의 진리가 먼저여야 한다.

세상사 평화롭고 가정의 화목과 행복을 위해서는 먼저 자신의 수양이 있어야 하고, 다음으로 가정의 화목과 행복 위한 조화로움을 형성하는 지혜와 현명함이 있어야 넓은 세상에서 선진적으로 평화로움을 이룰 수 있다는 것이다.

즉, 목표 지향점을 이루고자 함에는 자신의 수양이 먼저여야 되고 화목한 가정을 이루고 이타적 사랑에 기반한 자질과 능력을 키워야 평화로운 세상으로 행복할 수 있다는 것으로 이해된다.

이러한 면에서 아내에 감사할 사례를 말하려 한다.

아내는 결혼 전부터 장모님의 독실한 신앙심에 영향 받아 개신교에 심취한 신자였기에 결혼 후에도 개신교에 다니는 것을 30년 넘게 인정해 주었으나, 내 회갑기념으로 명동성당 주관 하에 크루즈배 타고 성지순례 갔을 때, 인솔자인 신부님께서 "천주교 신자 아닌 분이 댓 명 있는데 교리 교육은 귀국 후 받는 조건으로 세례를 주겠다." 하니 아내가 "그러겠다." 하며 개종하여 예루살렘 성 베드로 성당에서 요단강 물로 특별 세례식

하였기에 어찌나 고맙고 감사했던지 우리 팀원 30명에게 내가 크루즈배 안의 레스토랑에서 조촐한 만찬을 베풀었고, 귀국 후에 명동성당에서 교리 공부하고 정식으로 세례명을 스테파니아로 받았던 것에는 가톨릭 집안에 공경심(恭敬心)으로 가화만사성(家和萬事成)을 지향(指向)코자 힘들고 어려운 개종을 선택했을 것이라는 데서 나에는 무한 감사함으로 간직하고 있다.

이렇게 가정을 이룩한 내 인생에도 아쉬움 많은 것은 사실이다. 이 세상에 올 때는 조상과 부모님의 은덕으로 오늘의 내가 존재함에 가슴에는 꿈도 많았기에 나에게 없는 내 것을 찾아 낮과 밤 가리지 않고 뒤돌아볼 틈 없이 뛰어 다녔어도 현 시점에서 회상해 보면, 부족했던 점과 못 이룬 꿈에 대한 아쉬움도 많지만, 지나간 세월 아쉬워한들 되돌릴 수 없으니 남은 세월이라도 후회 없이 살아보려 하기에, 무의미한 삶은 살지 않으려고 건강보험공단에 사전연명의료의향서 등록을 수 년 전에 신청하였으며, 좀 더 품위 있고 품격 있게 살면서 자존감을 높여 자식들로부터 고희 때 의례적인 말로 "사랑하고 존경합니다."라는 소리 들었던 것을 진정으로 사랑받고 자식들과 손자들의 마음에서 존경심이 유발될 수 있도록 살고자 하는 것이 내 여생의 목표이며 후 세대 삶의 규범(規範)으로 알려주고 싶다.

필자는 이러한 마음을 담아 아내의 가정 지킴이에 감사한 마음으로 회갑 전부터 소나무 묘목을 용송(龍松)이란 이름으로 키우고 있다. 아내의 용띠에 나의 상징인 소나무의 송(松)자를 합성한 이름으로 용의 형상화로 키우고 있다. 이 용송은 우리 부부 사후에는 선산의 전통적 모습이 아닌 창의적으로 건립한 봉안묘소 앞에 심어줄 것을 자식들에게 요망한다.

선산의 봉안묘 전경(좌측에 공자 석상과 성모마리아 석상)

내 인생 50여 년 가까이 가정을 꾸리고 가족과 함께 살아오며 누구나 있었을 희로애락(喜怒哀樂)을 벗 삼아 살아왔다. 꿈 많던 청년시절에 무일푼으로 상경하여 때로는 굶어 보기도 하였던 인생살이에서 지금의 나는 무엇을 먹어도 사치일 수밖에

테라스의 용송(龍松)

없다는 생각에 메뉴에 구애치 않고 가족이 좋아하면 만족하고 먹고 즐거워하며 행복해 한다. 먹는 모습 보는 것으로 대리 만족스러울 정도로 나에게는 행복인 것이다.

폐허의 6·25전쟁터에서 자라며 먹을 것 제대로 못 먹고 배울 것 제대로 못 배운 세대로서 오늘의 격세지감(隔世之感)을 무엇으로 표현하겠는가? 자식과 손자들이 잘 먹고 잘 자라며 행복해 하는 것이 나에게는 최고의 행복인 것이다.

가정이란 정원과 같다고 본다.

우리 선대 부모님들께서는 자식을 과수원의 과일나무 키우듯 하셨을 것이다. 애지중지 키워서 과일이 풍성하여 소득이 되어야 가족이 먹고 살 수 있으니 과일나무에 기대하고 희망을 품고 모든 정성을 다하여 키웠을 것이다.

그러나 우리들 세대는 집 앞 정원 가꾸는 기분으로 키운다.

필자는 결혼 초부터 20여 년을 아파트에 살면서 오로지 가족에 대한 책임감만이 최고인 줄 알고 자식을 잘 먹이고 공부만 시키면 최고이고 행복인 줄 알았기에 성찰할 점도 많았다 하겠고 철 들기 시작한 이순(耳順: 60세) 때부터 진정한 행복을 알게 됐다고 본다.

지금의 여유로운 생활에는 단독주택 20여 년 살면서 터득한 것으로 정원수와 화초를 어떠한 모습으로 키우느냐로 멋스러움을 알 수 있듯이, 자식은 정원의 유실수일 수 있어 열매가 열리면(안갚음과 효도) 따먹을 수 있고 열매가 없으면 잘 자란 것만으로 흡족해 하는 것이고 손주는 화초와 같아서 예쁘게 자라고 향기 있는 꽃을 보는 것으로 대만족이라 물주고 거름 주며 예뻐하는 것이지 기대할 이유는 없어도 예쁜 꽃으로 만족하는 것이다. 유실수인 자식과, 화초인 손주들과 잘 어울리고 조화로워서 환상의 정원이 되는 것이 꿈이고 희망인 것이다.

가장인 나는 그 꿈에 취하여 오늘도 정원에 물 주고 있는 것이다.

주택에 살면서 토향으로 삶의 즐거움을 찾으려 하였으나 잊을 수 없는 참척(慘慽)을 겪은 곳이라서, 노년기에 편하면서도 정원 있는 집에서 살려는 마음에 테라스 있는 아파트로 이사와 여생을 살고자 테라스에 나와 아내를 상징하는 분재 소나무 여섯 주와 자식을 상징하는 감나무 두 그루와 손주라 할 수 있는 꽃과 화초를 열심히 거름 주고 물 주며 키우고 있다.(오해할 수 있어 노파심에 펜트하우스는 아니다.)

짐승은 사람을 배신하여도 정원의 유실수와 화초는 정성으로 키운 것에 실망주지 않고 보답할 것이라는 섭리에 희망으로 내일의 일출을 기대하며 함의로 하는 말은, 자식들이 중년에 이르러서 "하늘의 명을 안다"는 지천명(知天命: 50세)에 가깝고 손자들도 장성하다 보니 가정에 화목을 도모하는 방법과 수단으로 "하고픈 말을 않고 못하는 것"이 있다는 것에는 부성애로 자식들의 행복을 돕고자 함이 먼저라서 그렇고 세상을 보는 차이점과 차별점을 세대 차이로 구별하려는 확증 편향성이 젊은이들에게 많기에 이해와 양보로 노마지지(老馬之智)의 지혜로움이 선행돼야 평화로워서 가정이 행복할 수 있기 때문이다.

동병상련(同病相憐)이라고 "겪어봐야 알 수 있어" 지금의 나이가 되고 보니 내가 젊어서 몰랐던 나의 부모님께 감사함과 죄송함이 많은 것에는 내 자식들도 내 나이되면 역지사지(易地思

之)하여 인지상정(人之常情)으로 이해되어 지금에 나를 고마워할 것도 있을 것이라 보지만 미안해 할 일은 없도록 손자들과 재미있고 즐겁고 행복하게 잘 살기를 소망한다.

만물이 소생하는 봄날에 감나무에 거름 주며 금년에는 감이 주렁주렁 열려 힘들고 어려운 이웃과 나눠 먹을 수 있어 보람 있게 되기를 희망하고 있다. 가정이란 보금자리는 가족의 터전이라서 가족애의 원천인 조상의 기일과 가족의 생일, 결혼기념일 등의 모든 기념일을 잊지 않고 챙겨주고 추모하는 것을 가정 꾸리고는 해외근무 기간 외에는 단 한 번도 잊거나 빠지지 않고 지켜오고 있는 것에 조지 베일런트 하버드대 교수의 말대로 "삶에서 가장 중요한 것은 인간관계이며, 행복은 결국 사랑"이라는 말에 가장 부합된다고 보고 있기에 행복의 첫발이 가족인 부모자식, 형제 간에 공경과 우애와 도리를 찾으며 인성을 기르고 정신적 사랑을 양성함에 보람을 느끼고 있다.

나는 부모님이 시골 성환 사실 때 형님이 35세 젊은 나이에 교통사고로 돌아가신 후 20여 년간 내 집에 모시기 전까지 제사와 명절 등 연간 8회 정도를 빠짐없이 참석하여 90여 km 다녀오면 새벽 2~3시가 되었는데 함께 동행해준 아내에게도 감사하지만 참석한 이유가 조상을 섬기는 마음도 있었으나 남은 아들이 하나밖에 없는데 아버님 혼자서 지내는 외로움이 클 것 같아서 피곤함을 극복하려는 자세로 열심히 다니며 극기복례(克己復禮)의 참뜻을 터득하였다. 어떠한 것도 행하지 않고 배울 수 있는 것은 없다는 사실에서 큰아들(철영)이 "조상의 기일을 기억하고 매번 챙겨주는 자세를 대견하다" 보기에 항상 감사한 것이다.

안갚음과 효도라 함은 낳고 길러 준 부모님께 응당히 해야 하는 은혜에 대한 보답이고 그 모습에서 자신의 자식에는 인성을 교육하는 것으로 자신에게 되돌아오는 순리인 것을 망각하면 인과응보(因果應報)라고 "행한 대로 업에 대한 대가를 받는 일"이 될 것이라는 사실을 알아야 한다는 말이다.

내 효심은 부모님 마음속에 느낌으로 있었을 것이라서, 내가 효자라고 말할 수 없기에 감히 말을 한다면 오만한 것이고, 불효는 내 마음속에 있는 것이라서 "불효는 하지 않았다."고 자부할 수 있는 것으로 위안 삼고 있다.

내 어머니는 효도할 기회도 없이 일찍이 돌아가셨기에, 내 아버지가 93세에 돌아가시는 날까지 요양원에 모시지 않고 내 집에서 모시고 돌아가시는 전날에도 집에서 내가 직접 목욕시켜 드린 이유는 "나 유아 시절에 내 부모는 나를 남에게 맡겨 키우지 않았고 엎어지고 넘어지면 걸음마부터 가르치며 애지중지 키웠을 것"이라는 데서 돌아가시기 전의 아버지 모습은 내 어린 시절과 같은 모습이라서 받은 사랑에 비하면 내 안갚음 하려는 것은 극히 미미한 것으로 생각했기 때문이었고 안갚음 하고 효도하는 것은 나의 자존을 지켜 자존감을 높이는 것으로 나를 사랑하는 결과이기 때문이었다.

나를 세상에 적응하고 살도록 키워주신 부모님께는 "익숙함에 속아 소중함을 망각하는" 속물근성 버리고자 기껏 밥 한 그릇 사준 사람에게는 감사하면서, 오늘의 내가 있도록 20년간 키워주고 가르쳐주신 부모님의 은덕은 당연시 하며 고마움을 모르는 것은 배신이기 전에 인면수심(人面獸心)이라고 동물만도 못한 것이라 생각하고 살아왔다. (안갚음이란 까마귀 새끼가 자라서 늙은 어미에게 먹이를 물어다준다는 것으로, 자식이 커서 부모를 봉양한다는 뜻이다.)

◇ 가족은 삶에 원천이고 동기부여다

지금 기준으로는 일찍이지만 그 시절로는 적당한 26세에 결혼한 나는 자식들과 아내가 있었기에 열심히 사는 이유였다.

지친 몸으로 별보며 퇴근하여 집에 오면 아들들 보면 하루의 피로가 풀리고 맛있는 저녁밥 먹는 것이 행복이었기에 더욱더 열심히 살고자 피눈물 날 정도의 폐쇄적 근무여건이던 그 시절 건설현장에서 일하는 것을 벗 삼고 낙으로 살았기에 남보다 앞서가는 승진으로 가정과 가족에도 앞서가는 여건을 만들어 줄 수 있었다고 본다.

그런 내 자식에게도 나의 부친께서는 "자식은 속으로 귀여워하고 겉으로는 엄하게 키워야 한다."는 가르침을 주셨기에 부모님 가르침은 곧 법으로 알 정도였던 나는 겉으로는 엄하게 키웠던 것이 훗날에는 자식들에게 미안함으로 돌아와서 성찰의 마음을 가질 수밖에 없었다.

큰아들이 좀 조숙하여 중학 2학년 때 "아빠라고 하지 않고 아버지라 부르겠다." 하기에 "왜?"냐고 물으니 "아빠라는 호칭은 어린애 같아서"라고 하기에 감동하여 "그래라." 했고 "남들은 아버지가 아들과 친구같이 놀아준다."며 나에 엄한 모습에 변화를 요구했으나 "그러냐?"고 답하고는 내 부친의 가르침을 더 중요시하여 엄하였던 것에는, 불만과 섭섭함이 많았기에 나에 대한 반면교사로 손자들에게는 모든 정성을 다하여 대하는 것 같아서 나는 자성도 하지만 내 먹고살기 각박했던 삶을 알 때가 되면 이해할 것 같으나, 아직은 이해하지 못하는 것 같기도 하다.

내 늦은 나이에서 "부모와 자식 간에는 인자하고 존경하는 마음으로 친밀한 관계"라는 부자유친(父子有親)의 참 뜻에서 깊은 성찰을 하지만 바르고 책임감 있게 살고 있는 자식들이라서 후회는 않고, 미안한 생각 많이 들기에 이제부터라도 여생동안 보답하려 피해 주지 않고 추하지 않게 살아주어, 마음 아닌 행동으로 사랑스럽게 못했던 지난날 것에 배가하여 모든 사랑을 주고 돌아가려하기에 건강관리도 열심히 하고 있다. 그래서 "건강관리는 투자"라는 나의 개념적 사고(思考)로 열심히 살고 있다.

더구나 "자식들이 부모에게서 받은 은혜를 갚는다."는 순우리말 "안갚음"이란 말에 충실한 자식들에 고맙고 감사하게 생각하기에 의무감을 갖고 있다.

흔한 말로 효도라 하는데, 그 첫째는 자기 책임을 다하며 재미있게 잘 살며, 행복해 하는 모습으로 부모가 걱정하지 않도록 사는 것이고, 부모에 대한 효도는 다음이라 생각하지만 자기들만 즐거우면 된다는 것은 아니며, 정신과 의사 말에 의하면 "노년기 우울증은 가족들의 무관심으로 소외감이 근원이 되는 경우가 제일 많다." 하니 부모에는 관심으로 외롭고 고독하지 않게 머리로 계산하지 않은 마음으로 공경함이 효도임을 인식할 필요가 있다.

내강외유(內剛外柔)로 가족에게는 엄격하셨던 나의 부친께서는 우리보다 빈곤한 이웃에는 베풀면서 "지독하게 살면 배 굶지 않지만 부자는 못된다." 하시며 "덕을 쌓으면 하늘이 돕는다."는 유덕동천(有德動天)의 정신을 솔선수범으로 가르쳐 주셨으며, 아낌과 절약은 미덕이기 전에 생존 전략이던 시절에 태어나 살았기에 만사에 몸소 실천하며 "돈을 가치 있게 써야 부(富)가 창출된다."고 가르쳐 주셨기에 "낭비성은 아낌과 절약으로, 투자와 베풂에는 과감하게" 하는 원칙으로 살았으며 교훈으로 주신 "길이 아니면 가지 마라." 하셨기에 사행성 오락은 금하려 "도박, 사교춤, 카지노, 카드 등"은 배우질 않고 살아왔으나, 젊은 날 한때는 고스톱이라는 화투 놀이를 주택은행 본점(현 국민은행 여의도 본점) 소장시절에 감독관인 본부장의 권유로 어쩔 수 없이 배웠으나 지천명(50세) 나이되어 끊었으며 평생을 환락, 쾌락은 않고 살려 하니 많은 인내로 의지와 신념이 필요했다.

어느 대선배 되는 분이 "자기는 자식들에 '사람이 자신과 가정 걱정만 하며 살게 되면 그 사람은 가정의 가장이나 어른만큼밖에 못된다. 그러나 항상 내 직장을 위하고 이웃을 걱정해주는 사람은 직장과 지역사회의 지도자로 성장할 수 있다, 같은 사람이라도 언제나 국가와 민족을 걱정하면서 노력하는 사람은 자신도 모르게 국가의 지도자로 자랄 수 있다.'고 가르쳤더니 그렇게 되더라."며 자식이 고관직에 대형 기업을 운영한다, 자랑하던 선배분의 말과 같이 부모의 가르침은 어떠한 안목으로 살 것이냐의 인생 좌표가 될 수 있기에 어느 배움보다도 중요한 교훈인 것이다.

그래서 옛 어른들이 "사람의 된 면을 보려면 그 부모를 보고서 며느리도 삼는다." 했었던 것이라 본다.

동물과 중에 인간만이 유일하게 부끄러움 알기에 "자기의 옳

지 못함을 부끄러워하고 남의 옳지 못함을 미워하는 마음"이
란 수오지심(羞惡之心)에 기반하여 "부끄러움 모르면 인간이 아
니라"는 인식으로 내 철없던 젊은 날을 뒤돌아보면 옳고 바르
지 못한 실수도 있었기에 성찰하며 "부끄럼 없이 사는 것이 최
고의 가치요 덕목"으로 가슴속 마음에 담고 일상에 기준으로
살고 있다.

사치스런 삶에는 인간의 모든 것이 문제라서 인성과 품성뿐
만 아니라 가정의 평화와 행복에도 역행하기에 스스로 품위를
지켜서 자존감 높이려는 범주를 벗어나지 않으려 노력했다.
"눈과 입이 사치스러우면 부자도 3대를 못 간다."는 옛말이
있다. 부모가 검소한 모습으로 살려는 것은 자식들에게 교훈
적이며 사랑이 전제되어 욕망을 버리는 인내심과 의지인 것인
데, 고루함으로 인식되고 치부된다면 아쉬운 것이고, 부유함
만이 고귀하고 행복으로 오인하는 사회적 현실에는 사치스러
움이 될까봐 걱정도 한다. 노년에 검소함은 자신의 희생으로
자식사랑임을 알아야 하고 자식들을 위한 부모의 희생만큼 고
귀한 사랑은 없다는 것이다. 세상에서 가장 허무한 고독은 보
람 없는 희생이 되기에 이를 알아주는 자식들이 효심이라는 것
을 알아야 한다.

가족이 있기에 삶의 원천이 되었고 열심히 살고자 하는 동기부여가 되는데, 요즘 젊은이들은 가정과 가족에 대한 진가를 모르는 것 같다.

젊은이들은 결혼을 사랑하기 위한 수단으로만 보는 것 같으나 결혼과 사랑도 긴 인생 여정을 행복하게 살기위한 수단이기에 빠를수록 좋은 것이다. 세상만사는 일장일단이 있듯이 결혼에도 단점이 있는 것만을 보고서 비혼이나 늦게 하는 것은 노년에 부담이 배가되어 후회가 클 것이라 보기에 가급적 젊은 나이에 결혼함이 노년기에 후회가 적을 것이고 보람을 느껴 행복감이 클 것이라 본다.

인간의 구성을 크게 보면 남과 여로 구분되어 몸도 마음도 다르고 꿈과 자아실현 지향점도 다를 수 있고 인성의 일장일단이 있기에 서로가 부족하고 없는 것은 함께 채우며 협조하여 상보적 관계로 삶의 질을 극대화 하는 시너지 효과로 행복을 추구하는 지혜와 현명함으로 목표 지향점 실현을 위해 살려는 것이 결혼이다.

서로가 역지사지(易地思之)하여 배려함이 사랑이기에 혼자보다는 둘이서 "생각을 모으면 이익이 커진다."는 집사광익(集思廣益)을 위해 가급적 빨리 결혼하여 사람이 자원이므로 자식 낳고 가정을 구성하는 것이 오랜 인생 여정에서 행복을 향한 생산성이 높아지는 동기 부여가 된다.

인생길에는 무엇이고 때와 시기가 있기에, 결혼도 생물학적으로 생에 적정기가 있다고 본다.

노년기의 행과 불행의 결과는 "가족에 쓰는 시간과 돈은 미래에 대한 투자"로 보고 젊은 시절 주어진 시간과 돈을 "가족에 썼느냐, 아니면 자기 혼자만이 즐기는 곳에 썼느냐"로 귀결됨이 보편적 상식임을 살아오면서 목도하였기에 하는 말이지만 결혼은 가급적 일찍 하여 가족과 함께 즐거움 찾아 투자로 사는 것이 평생 보람으로 승화되어 행복하게 사는 방식이다.

나는 어느 노랫말에 부정적인 생각으로 "연애는 선택이지만 결혼은 필수인 것이 인간에게 주어진 본질"이라고 강조하고 싶다.

결혼 후 "성격차이나 갈등 때문에 이혼한다."는 사람들이 있으나, 이것은 "행복하게 살기위하여 결혼한다."는 사실과 꿈과 이상을 혼돈 하는 전도몽상(顚倒夢想)이기에 옳지 않아 불행을 자초하는 것이라고 말하고 싶다.

부부가 모두 이기주의적 사고를 지녔을 때, 이혼하게 되는 경우가 많더라는 사실에는 세상을 이기심으로 보면 모든 것이

부정적이라 희망이 없고 이타심으로 보면 긍정적이라 희망이
된다는 사실이다.

살아온 환경과 문화가 다르기에 생각도 다르고 몸도 다르기
에 2세를 함께 협력하여 낳고 산다는 것을 인식하고 전제하면
서로가 다르기에 합심하여 미래 삶의 질에 시너지 효과를 높여
행복하게 살고자 하는 것이 결혼이라는 사실이다.

그래서 보완적이고 상보적 관계로 협력하며 살려는 양보와
이해가 전제되는 것이 사랑인 것을 "성격차이로 이혼한다."는
것은 이기적이며 배려 심 없는 단견이며 죄 없는 자식에 대한
무책임이고 "평생을 정신적 장애자가 되겠다."는 것으로 "불행
을 자초하는" 것이 이혼이라 본다.

결혼과 사랑은 행복을 위한 수단인데 사랑에 대한 개념차이
로 이혼이란 불행을 자초하는 것은 전도몽상이다.

주변에서 "이혼하여 더 행복하다."라는 사람을 보질 못했고,
불행한 사람만을 보았다. 새 살림 차려 살려는 노력과 땀을 이
혼 전에 했으면 더 행복하고 사회적 비용과 기회비용 손실이
없었을 것이라는 합리적 반성을 말하는 것이다. 이러한 말에
는 시대에 뒤지는 낙후된 생각이라 치부하는 사람도 있을 것이
라 보지만, 가정을 꾸미고 가족이 있으므로 "행복을 목적으로

살겠다."는 동기 부여가 되어 삶의 원천이 되기에 행복하게 살아야 된다는 원론적 나의 생각이고, 격물치지(格物致知)로 하는 말이지만 현실이 안타까워 글을 쓰는 것이기도 하다.

가족은 무지개 색깔이어야 한다. 하나의 태양빛을 받아 빨, 주, 노, 초, 파, 남, 보, 일곱 색깔의 일치로 각기 다른 색상보다 조화로움으로 아름다움을 이루듯이 가족도 각자의 이기심과 개성과 개인주의보다는 집단지성(集團知性)의 이타적 사랑으로 배려와 양보로 함께라는 진리를 선택할 때에 얻어지는 시너지 효과로 아름다운 무지개 가족으로 다복한 가정이 될 것이다.

세상사는 인간이 모든 삶에서 자원의 근원인데 출생률을 보노라면 먼 훗날의 대한민국이 존재할 수 있을지? 일모도원(日暮途遠)이라고 "해는 저물어가는 인생에 할 일도 많다."는 생각에서 고연한 걱정을 하는지도 모르겠으나 후세를 사랑하는 마음에서 하는 것이다.

가화만사성(家和萬事成)에 부합되도록 살려면 무엇보다 먼저 부부가 모범 되고 아름답게 살아야 됨을 살아오면서 많이 느끼고 자성과 각성하며 하려는 말이 우리의 오랜 문화적 폐습으로 부부간에 다정한 모습을 남들 앞에서는 "남사스럽다. 노망이다." 하며 애써 부부유별(夫婦有別)함을 보이려 하는데 서양인들과 같이 부부일체(夫婦一體)형으로 진보되어야 한다고 본다.

　필자가 40대 초반 유럽여행 중에 스위스 알프스 산자락에 있는 호수공원에 석양 노을을 즐기려고 갔었는데 노부부들이 하나같이 손잡고 걷는 모습에 매료되어 "나도 늙으면 저렇게 살아야지." 했었던 기억을 떠올리며, 오늘도 집 앞 호수공원을 걸으며 일일삼성(一日三省)으로 하루에 세 번 반성한다. 내가 하고자 하는 말은 "젊어서는 아내에게 하대하고 반말하던 경박스러움에서 품위와 품격 있는 부부로 살고자 공대(恭對)하고 우대(偶對)하며 살려고 노력하니 이견도 줄어들고 의견차가 있어도 이성을 찾아 심하게 다투지 않고 이해와 양보로 살 수 있어 좋다."는 발전적 의미이며, 오늘도 다정히 산책하며 카페에서 차도 한잔 하고 집으로 돌아와 테라스 테이블에 앉아 과일 먹으며 행복감을 만끽하고 "오늘도 무사하게 살았음"을 감사의 기도로 석양 노을을 바라보며 평생을 내 부모와 가족을 위하는 일념으로 온 정성을 쏟은 아내에게 감사하며 여생동안 사랑으로 보답하려 한다.

　내일은 이곳에 앉아서 "여생을 부끄럽지 않고 가족에게 부

담되지 않게 살다 갈 수 있게 해 달라." 기도하려 하며, 주말
엔 아들, 손자들과 자전거 타며 건강을 지키고 즐거운 시간
으로 사랑을 나누는 것으로 행복을 찾으며 희망을 심어 주려
고 한다.

이러한 꿈과 희망이 이상주의적 사랑으로 허망하게 되지 않
기를 바라는 것은 "행복은 스스로 만든다."는 것에서 가족에게
현실적 행복이 되기를 소망하기에 경작하려는 것에서다.

지난날 아버지란 남자의 이름과 가장으로서 자랑스럽지 못
하였어도 가족을 책임지는 보람이었기에 행복하였다 할 수
있다.

결혼으로 가정을 꾸리는 것 자체가 "행복하려는 수단임을 명
심"해야 불행할 행위를 않는다.

테라스에 앉은 손자들이 빅토리(victory)로 희망을 선물한다.

큰아들과 손자들과 함께 집 앞 호수공원에서 자전거로 혈족의 동질감 찾아서

◇ 뿌리 없는 나무는 없다

필자가 이 세상에 와서 존재하고 삼라만상(森羅萬象)을 즐기며 살고 있다는 것에는 내 의지나 뜻에 관계없이 태어났기에 부모에게 감사해야만 된다는 사실이다. 한 세상을 살면서 감사할 줄 모르면 행복할 수 없고 양심 없는 배신의 일종으로 자각하는 근본이 보람있고 아름다운 삶 자체에 책임 있는 동기부여가 된다는 생각이다.

동양 문화 사상의 본류(本流)인 공자의 후손으로 태어났기에 공자 사상의 유교(儒敎)에 깊은 관심으로 자부심과 의무감 갖고 짧고 얕은 상식이나마 배우며 자존감 높이려고 노력하며 살고 있다. 많은 사람들이 공자의 유교에 깊고 넓은 상식이 많기에 많은 말을 한다는 것은 자신이 없다는 솔직한 말을 하고 2570여 년 전인 BC 551년 탄신하신 공자의 교훈으로 내려오는 경전(經典)에는 현실에 맞지 않은 말도 극히 일부는 있다는 내 생각이기도 하나 인간이 인간답게 살아야 되기에 근본과 기본이 되는 철학의 개념이 총체적으로 망라된 공자의 유학(儒學)사상이라 본다.

공자는 학문을 좋아하여(호학好學) "나는 아무것도 모른다, 무엇이 진리인가?" 하며 배우려 했고, 옛것을 존중하여(숭고崇古) "옛 것을 알아야 새 것을 알 수 있다.(온고지신溫故知新)"며 "옛 학문을 되풀이 하며 연구하여야 새로운 학문을 이해할 수 있다." 했고, 무엇보다도 인간을 사랑해야(애인愛人) 만사에 옳고 바르게 인간답게 살 수 있어, 어질다는 뜻으로 선(善)의 근원이자 행(行)의 기본이라는 인(仁)을 근본으로 예(禮)를 중시했다.

즉, 호학(好學)과 숭고(崇古)와 애인(愛人)을 삶에 근본으로 했다는 것을 후손으로서 가슴에 담고 살고자 한다.

4대 성인(예수, 석가, 소크라테스, 공자)이며 만세(萬世)의 사표(師表)이신 공자(孔子)의 77세손이란 것에 자부심을 갖기 전에 시조(始祖)께 욕보이지 않으려는 마음으로 자존감을 높이려 자존을 지키고자 "조심스럽게 살아야 되겠다." 싶었다.

나는 자부심을 가지려고 자존감을 높이려 직장생활 하는 30대부터 서울 종친회(서울, 경기, 인천 지역)에 참여하며 조상에 대한 뿌리 근성을 마음에 담았다. 그간에 종친회장을 맡아 헌신적으로 많은 업적을 남기신 분들은 해병대 사령관 출신과 국회의원 했던 분, 고검장 출신 등 사회적인 저명도도 있던 분들이 이끌어 주어, 시조인 공자의 사상과 선조님들에 대한 유래를 가슴에 담을 시간이 많았는데 여러모로 부족한 나에게도 종친들께서 회장 맡을 기회를 부여해 주어 2년씩 연임으로 4년간 수행하고 있는 것에 영광과 감사함을 갖고 있다.

뿌리 근성으로 말하고 싶은 것은 우리가 내 문화를 사랑하고 아끼며 품위를 지키며 존중하여 자존감을 높이려는 생각과 언행이 인류사에서 인정받을 수 있는 지름길 되어 글로벌 시대에 선진국으로 가는 모멘텀이 된다고 본다. 즉, 내 것을 내가 사랑해야 내가 인정받고 존재할 수 있다.

선진국 문화에 사대사상적 맹신은 "후진국이나 아류로만 살겠다."는 것과 다름 아니다. 우리 것과 다르다는 것으로 인정하고, 배울 것은 배우며 창의성으로 접목하면, 우리 것도 더 발전하여 글로벌화에 앞장 설 수 있다.

유교는 종교가 아니고 동양 철학이고 사상론인데 종교로 오해하는 사람이 있다. 만세의 사표인 공자의 교훈을 한마디로 말하면 "선하고 아름다운 인간관계에서 행복을 찾아 누리려면 어진 마음을 갖고 예절을 지키는 정신이어야 한다."는 것이다. 선하고 건설적인 인간관계는 열린 마음을 가진 사람의 특전이지 닫힌 마음으로 이기적이고 폐쇄적인 사람은 행복할 수 없고 불행을 초래하는 것이다. 그러려면 이기주의를 개인주의로 착각하지 않는 것이 중요하다.

종교는 신을 섬기는 것이나 유교는 신을 섬기지 않고 공자의 사서(논어, 맹자, 대학, 중용) 삼경(시경, 서경, 주역)을 경전(經典)으로 주창하는 유학(儒學)이다. 그리고 종교의 창시자인 예수그리스도와 석가모니는 자손이 없으나 공자는 후손이 존재한다는 것이 다르지만 유교와 모든 종교는 가르침에 따른 형식만 다르지 인류가 추구하는 가치는 같을 것이라서 "형태는 달라도 본질은 같은 것"으로 인정하고 인식할 때 모든 인류가 평화롭고 아름다운 행복으로 사람답게 살 수 있다고 본다.

공자 왈 "신은 공경하되 멀리함이 지혜롭고 현명한 것."이라 하며 "사람도 섬기지 못하며 신을 섬기느냐?"한 것은 신앙심도 현재의 사람 간에 관계가 중요하고 먼저라는 뜻일 것이다. 그러려면 구이경지(久而敬之)라고 "사람 간에는 친하고 오랜 기간 사귀었을 때도 공경(恭敬)하는 자세여야 한다."는 것이다.

"삶도 모르며 죽음을 알겠느냐?" 한 것도 살아있는 현재를 위해 옳고 바르게(성의정심: 誠意正心) 살고 사망 후에 "어느 곳에 간다. 어찌 된다."며 허상(虛想)에 꿈은 몽상(夢想)이란 말일 것이다.

필자는 회갑이 지나며 철나기 시작하여 세상 보는 폭이 넓어지고 깊어지며 이해하고 받아주는 배려심이 커지는 것 같았다. 그래서 내가 존재하고 있는 감사함에 "어떻게 사는 것이 보람으로 행복하게 살 것인가." 반추하여 성찰하며 조상에 대한 뿌리 근성을 마음 속 깊이 간직하게 되었다.

신앙적 논리가 아닌 생물학적으로 조상과 부모 없이 태어난 사람은 세상 천지에 없을 것이란 과학적 영역을 부정함에는 자기 부정이고 억지일 것이다.

필자는 종교생활에 입문하여 조상에 대한 섬김과 감사함이 더 커졌다. 조상이 있기에 내가 태어났고 그러함이 있기에 현재에 존재하며 종교적 신앙행위도 하고 있다는 현실적 사실에 조상을 부정하는 것은 이율배반적으로 배신행위라서 "인간에 배신은 죄악"이라는 철칙이 있어서다. 그러한 엄연한 사실을 망각하고 종교 때문에 조상을 홀대하는 행위는 "종교를 위해 사는 것"으로 "인생의 꿈을 현실로 착각한다."는 전도몽상(顚倒夢想)이라는 나의 생각이다.

조상을 섬기는 행위와 형식이 허례허식으로만 치부하는 경향이 있으나 섬기는 형식에서 자신의 인성을 기르는 마음과 품성을 발현(發現)하는 것은 자기의 몫이고, 가족애를 형성하는 암묵적 가정교육이 되는 것이다. 종교생활하는 정성과 시간의 1%만이라도 "조상과 부모 생각에 감사함으로 부응하려 자신의 생활을 옳고 바르게 살려 하면" 그 자체가 종교생활에서 얻어지는 것 이상일 수 있다고 본다. 이것이 효심이고 자기를 사랑하는 결과가 된다.

성경에서 말하는 "남에게 대접받고자 하는 대로 남을 대접하라."는 황금율의 가르침이나 공자의 유교에서 말하는 "자신이 하고 싶은 것이 아니면 남에게 시키지 말라."는 서(恕)의 정신은 유사하고 전통적 관습으로 위패 앞에서 절하는 것도 유교의 본질은 제사에 있는 것이 아니고, 공자의 인(仁)의 가르침으로 어질 "인"에 있다는 목적형식으로 인정하고 존중함이 모두의 사랑으로 승화될 것이다. 이러는 형식이 종교나 유교나 아름다운 사람이 되기 위한 목적은 같다고 보는 나의 철학이다.

종교는 체계적이고 조직적으로 관리 유지되어 조상 섬기는 유교의 관습보다 우월하게 보는 경향이 있으나 "바라는 목적은 같은 것"이라는 생각이다.

"조상을 섬기는 추모행위나 신앙의 기도만으로는 이루어지는 것이 없다."는 것이 같은 것이고 추모하고 기도하는 행위에서 "하고자 하는 의지력으로 얻어지는 결과"라는 것이 같다. 고로 같은 행위의 범주에 속한다는 생각이다.

조상에 대한 은덕을 알고 섬기는 마음에서 자신의 인성과 품성이 길러지고 높아지기에 궁극적으로는 자기 위함이고 자기 몫인 것이다. 섬김을 "조상을 위하는 것"이라 했던 선대들의 말씀에는 "섬김의 행위로 후세대의 인성을 위한" 동기부여 수단으로 했을 것으로 본다. 신앙심도 인성을 위한 같은 행위인 것이다. 형식(形式)에서 오는 신념(信念)이 행태(行態)로 만드는 것이 같다.

필자는 회갑(回甲) 기념으로 명동성당 신부님 세 분과 130여 명이 크루즈 배를 타고 성지 순례를 그리스에서 터키, 이집트를 거쳐 이스라엘 예루살렘 예수 탄생지를 다녀올 때 새로운 사실을 알고 왔다. 목사 신분인데 가이드 하는 분께서 기독교 역사의 해박함으로 많은 것을 배우는 과정에서 한국만의 독특한 신앙의 행태가 있다며 "종교적 이유로 술을 금기시 하는 것과 조상에 절하는 것을 금기시 하는 것에 그곳에서는 그러지 않는다."며 기독교는 그곳에서 발현(發現)되어 글로벌화 되었는데 "그러지 말라."는 말은 없다며 나라마다 있는 전통적 관습과 문화를 적대시 하며 배척하려는 것은 차별화 하려는 의도가 있겠으나 신앙의 기본인 "만물, 만사, 만인을 사랑하라."는 것에도 반하는 것이니 한국만이 그러는 것에 개의치 않는 것이 옳다는 것이었다.

신부님께서 강론시간에 "신자는 자신의 생활에 지장 없는 범주에서 종교생활 하는 것"이라며 사회생활을 참되게 하는 것이 중요하다. "신자가 성직자 같이 종교생활 하는 것은 종교를 잘못 믿는 것"이라는 강론을 듣고서 공감하며 주변에서 "종교 위해 사는 모습"에 부정적 생각을 갖게 되었다.

더구나 종교의 종파 때문에 지인이나 남들과 반목하며 갈등으로 다투거나 전쟁까지 하는 것은 신앙심을 빙자한 종교 지도자의 감언이설(甘言利說)에 현혹되어 자기희생과 목숨 바치는 우매함이고, 자기 부정하는 노예근성이라 본다.

모든 종교는 평화와 사랑을 근본으로 하는 것인데 종교 때문에 갈등하고 전쟁하는 것은 종교의 근본 취지에 반하는 것이고 인생사에 자신의 목숨과 삶보다 중요한 것이 없다는 엄연한 사실을 망각하는 것이고, 자신이 왜 살고 있는지, 무엇 때문에 살고 있는지 삶의 가치 개념이 없는 것이라 본다.

신앙의 대상은 신앙심을 고취하는 영역의 대상이지 자신의 생각으로 바라고 원하는 결과를 보장하지는 못하기에, 자신이 "하겠다는 행동의 의지력"으로 어떻게 사느냐의 결과가 신앙의 결과이다. 그리하여 내 종교를 중요시 하며 사랑하려면 타 종교도 "가르침의 표현과 형식만 다름을 인정하고 존중해 주는 것"이 신앙심의 본질이고 "내 것도 인정받고 존중받을 수 있다."는 보편적 원칙을 지켜야 한다.

이것이 성경에 나오는 황금률의 가르침으로 "무엇이든 남에게 바라는 것이 있으면 자신이 먼저 남에게 대접하라."는 것이다.

기도함에도 "원하는 것을 '잘 할 수 있는 마음을 갖게 해 달라'는 기도여야지 막연하게 '잘 되게 해 달라'는 것은 미신을 믿는 것과 같다."는 신부님 말씀에 지극히 공감하고 있다. 그래서 김수한 추기경께서 "내 탓이요."라는 캠페인을 생전에 하셨던 것 같다.

정치인이기 전에 인격적으로 동경하고 존중하는 미국 유학파 종교학 박사이며 국회의원 4선한 서강대학원 원우인 김성곤 전 국회의원이 "종교는 사람을 위해 존재하는 것이지 종교를 위해 사람이 존재하지 않는다."는 의미 깊은 말에는 종교 때문에 남들과 갈등하고 부모 조상도 모르는 행위는 신앙의 본

뜻에 반하는 것이고 소탐대실(小貪大失)되기에 "종교를 갖지 않는 것보다 못한 것"이라는 함의가 있다고 본다.

철학자이며 개신교 장로인 김형석 교수의 책에서 "종교는 사회를 위해 존재하는 것이지 종교를 위해 사회가 존재하지 않는다."는 말도 다 같은 의미와 뜻에는 모든 것이 인간을 위해 존재한다는 것이다.

인간은 생존 자체가 배움에서 고귀해지기에, 종교와 유교의 가르침에서 배움으로, 자신의 자존감을 높이는 것이 품격 있고 인격 있는 삶이라서 모든 배움이 행복지향이라는 말이다.

필자의 집안은 조부모 때부터 내 자식들까지 4대에 걸쳐 가톨릭을 종교로 삼고 있으며 젊은 시절부터 언제나 사회적 약자와 정의의 편과 함께 했던 고 김수환 추기경을 제일 존경하여 내 세례명도 감히 "스테파노"로 따라서 선택하여 종교생활을 하고 있으며 깊이는 부족하지만 신앙심이 행복 지향에 필요조건이라는 생각이다.

교회에서 종교행위로 제사 지내나 가정에서 조상에 제사 지내나 자신의 마음을 다잡고 고취함은 같은 형식인 것이다. "형식이 행태로 하여 결과를 만드는 것"이라는 게 "같다는 사실"

이며 모든 것이 자기 위한 행위인 것이다.

　조류, 어류, 동물도 자기한테 잘 해주는 사람에게는 믿음으로 충성하고 보답(報答)하며 교감하는데, 하물며 만물의 영장인 사람이 부모 조상 모르고 고마움과 미안함을 모른다는 것은 양심 없고 배신의 행위이기에 "은혜를 죽어서도 갚는다."는 결초보은(結草報恩)의 자세를 가져야 자기 사랑으로 자신을 위하는 결과가 된다는 것이다.

　공자 왈 "부모, 조상을 사랑하는 사람은 남을 미워하지 않고 존경하는 사람은 오만하지 않다."고 했는데 내 부모님께 안갚음을 다하지 못한 것에 아쉬움이 많지만, 부친께서 돌아가시기 전에 요양원에 모시지 않고 집에서 모시면서 매주 목욕시켜 드리다가 돌아가시기 전날에도 목욕시켜 드린 것에 조금은 위안 삼고 있다. 이런 기회가 있었던 것은 "아내의 희생정신이 있었기에 가능했었다."는 사실에 감사한 마음을 갖고 있으나 내 어머니는 내가 철없던 불혹(40세)의 나이 전에 69세로 갑자기 돌아가셔서 무엇 하나 못해드린 것이 죄송하여 죄책감을 갖고 평생을 살고 있다.

　불효는 부모의 마음을 상하게 하는 것이고, 효도는 기분 좋게 하는 것인데 그렇게 하지 못했다는 생각에 항상 죄의식을 갖고 살고 있다.

"굽은 나무가 선산 지킨다."는 말은 "못나고 부족한 사람이 부모와 조상을 섬기고 중히 여기며 가정에 충실한다."는 말과도 같기에 애지중지 키워 많이 배우고 똑똑한 사람이 자기만을 아는 이기심으로 부모에 대한 안갚음은 고사하고 의무도 않는다는 말과도 같은 것이라 생각하면 씁쓸하기도 하지만 모두가 다 그렇지는 않다는 것이고 나의 자식들은 책임과 의무를 다하고 있기에 안도하고 있다.

인간만이 부끄러움을 알기에 "부끄럽지 않게 사는 것"이 인간이란 것에도 윤리의 황금률뿐 아니라 부모 조상의 은덕에 감사와 고마움을 알고 섬기는 사람과 존경심을 갖는 것이 황금률적 보람이 되므로 부끄러움 없이 살려는 것이다.

필자는 살아오는 과정에서 조금이라도 나에게 도움 준 부모형제 뿐 아니라 지인들에게도 결초보은의 자세로 보답으로 갚으려하며 살았기에 지금에 와서는 보람으로 느껴 행복감을 갖고 있다.

자식들이 인간의 도리를 모르고 책임과 의무를 모르는 것은,

부모가 자식 사랑을 왜곡되게 한 결과일 수 있기에 자성해 볼 필요도 있을 것이다. 자식은 "고기 잡아주지 말고 잡는 방법을 가르쳐야 한다."는 말이 많이 회자되고 있기에 모두가 알고 있으나 현실을 간과하거나 교육하는 방법이 왜곡되기에 하는 말이다.

젊은 세대는 특히 "한 명만 낳아서 잘 키운다."며 물질 만능으로 키우는 것을 주변에서 많이 목도하고 있는데 만사는 과유불급(過猶不及)이라고 지나친 것이 부족한 것과 같거나 못하기에 자식 사랑에도 적절하고 정도가 있어야 옳고 바르게 자라서 치열한 경쟁 사회에서 자립하여 책임감으로 경쟁력 있고 능력 있게 글로벌 세상에서 인정받을 수 있는 유능한 사람으로 살 수 있다는 것이다.

자식에게 옳고 그름을 가르치지 않고 물질 만능은 바보가 되라는 것과 같은 것이다.

이 나이에 성숙한 마음으로 타산지석(他山之石) 해보면 "자식이 잘 되고 못되고 불효하는 것도 부모의 탓이 더 크다는 책임 의식이 중요하다."는 생각이다.

키우며 자라도록 부모로써 모범으로 귀감(歸勘)을 못 보였거나 충분한 가정교육을 못한 경우가 더 많았기에 그럴 수 있다는 것이고, 자식 탓하면 불행한 마음이 더 클 것이라 노마지지(老馬之智)의 지혜로움으로 생각해도 자신의 탓으로 자책하는 책임의식 가져야 불행하지 않은 여생이 될 것이라는 개념적(槪念的) 자성론(自省論)이 행복지향이라는 생각이다.

"형식이 결과를 만든다."는 사회적 규범을 아는 것이 자신을 품격 있고 인격 있게 만드는 자존을 지키어 자존감을 높이는 것으로 알아야 한다.

세상사에 규범과 규칙을 어기거나 거부하면 삶이 지속가능하지 못하게 되는 것은, 사회적 질서가 무너지면 정신적 가치가 무너지므로 인간들의 삶에 의미를 상실하게 되기 때문이다.

예의를 지키고 윤리와 도덕을 지키는 것이 단견으로 생각하면 "자기가 손해 보며 상대에게 도움 주는 희생"으로 생각하며, 잔머리 쓰고 얌체 짓 하면서도 부끄러운 줄 모르고 이기적이고 배타적으로 살려는 사람들이 많아지고 있는 현실을 안타깝게 생각한다.

규범과 규칙과 예의와 윤리, 도덕을 지키면 인격과 품격이 높아져 상대로부터 인정받아 자신에게 돌아오는 가심비(價心比)가 되어 신뢰성을 쌓게 되면 소득과 이득으로 돌아올 것이고 가신비(價信比)로 귀착되기에 자기 자신을 지키는 "신뢰를 쌓아" 자신의 자존감(自尊感)이 높아지는 것이다.

즉, 이타적 사랑과 배려가 역설적으로 이기적 사랑이며, 조상을 섬기고 종교생활도 같은 이유에서 자기 위하는 행위라는 것을 알고 귀감 되는 삶을 살려 해야 된다고 본다.

　나이 들며 느끼는 것이 있어 말하고 싶은 것은 "나이가 계급은 아니다."라는 것이다. 나이 많다는 이유만으로 나이 적은 사람에게 하대하고 반말 하는 것은 오만이고, 자신의 품격을 떨어뜨리는 것이다. 나이 적은 사람이 예의상 존칭 쓰며 예우하는 것은 그 사람의 품성과 인성으로 인정해 주어야 하고 인격적으로 하대하지 말아야 하며 교감과 유대가 많아지고 깊어지면, 경어 쓰며 존중해 주는 것을 부담스러워 할 때는 반말하는 것을 도리어 고맙게 받아 주더라는 사실이다. 이것이 사회 선배로서 어른으로 인정받고 존중받는 현명함이라 궁극적으로는 자기 위하는 것으로 귀결된다.

　요약하여 말하면 장유유서(長幼有序)를 중시하기 전에 연장자가 연하에게도 윤리 도덕과 도리를 지켜 자존을 지키면 자존감이 높아지므로 타인들로부터 인정받고 존중받는 결과가 되어 결국에는 자기 인격이 높아지는 자기 사랑이 된다는 말이다.

　의미 깊은 말을 강조하고 싶다. 동국대 정치외교학과 황태연 교수의 "공자의 민본사상(民本思想)이 동서양을 넘어 글로벌 세상에 근대화를 이끌었다."는 말에는 사람을 근본으로 하는 정신에 온고지신(溫故知新)이라고 "옛것을 알아야 새것을 안다."는 것에 의하여 "논어 속에서 진리를 터득하고 삶의 철학을 확립하여 창의성으로 4차 산업시대에 선도자가 되라는 것"이며 뿌리(조상, 부모)없으면 나무(자신)도 없고 열매(자식, 후세대)도 없는 것이 자연의 섭리이고 진리이기에 뿌리를 부정하거나 홀대하면 나무가 자랄 수 없으므로 열매도 맺을 수 없는 이치로 뿌리를 존중하고 중요시함이 나무가 잘 자라고 열매가 튼실해진다는 사실이다.

부부지간에도 배우자의 뿌리(친부모와 가족과 조상)를 부정적으로 말하는 것은 금물이라는 나의 생각이라 지키며 살고 있다. 배우자가 살아온 과정에 대한 자존감을 공격하는 것이라서 "서로가 존중하고 공경하는 것이 배우자에 대한 예의이고 사랑이기에" 절대로 해서는 안 되는 것이라는 생각이고 "피는 물보다 진하다."는 것이 만고의 진리이기에 하는 말이며 상대성으로 지켜주려는 것은 나의 자존감을 높이려는 것이고 내 뿌리와 나 자신을 부정할 수 없기에 황금률에 기반하여 하는 말이다.

이것이 인성을 높이고 품격을 높여 사람답게 살려는 인간의 가치 지향으로 보람이 되어 행복한 삶으로 귀착된다는 것이다.

온 세상의 4대 성인(공자, 예수, 석가, 소크라테스)의 가르침에 공통점은 살아가는 데 있어 "행복론"에 근거한 것으로 숭앙의 대상인 것이다. 내가 귀감으로 삼고 존경스러워 하는 대표적 철학자이며 개신교 장로이신 김형석 교수께서 쓴 책을 여러 권 읽었는데, 어느 책에서 본 내용 중에 "동양인의 스승이신 공자의『논어』도 선하고 아름다운 인간관계에서 얻어지는 행복론이 근본 사상이고, 성경에 나오는 예수의 교훈도 인간관계에서 주어지는 행복한 삶이 어떤 것인지 가르치는 것이다." 했던 것에는 모든 성인들이 "살아가는 행복론을 설파한 사상론이 같다."는 것이다.

단, 신앙적인 예수와 실용적인 공자의 형식이 다른 것이다. 논어에 "군군 신신 부부 자자(君君 臣臣 父父 子子)의 임금은 임금답고 신하는 신하답고 아버지는 아버지답고 자식은 자식다워야 한다."는 말은 각자가 이름값(호칭, 명칭)에 맞는 책임과 도리를 다하여 옳고 바르게 귀감 되도록 살아야 "모두가 보람되어 아름다운 삶으로 행복할 것"이라는 말이다.

첨언하여 말하고자 함은 남편은 남편답고 아내는 아내다워야 하며 학생은 학생답고 군인은 군인답도록 직분과 신분에 맞는 언행이 가장 아름답고 멋있는 품격의 소유자로 인정받을 것이라는 말이다.

언제나 나는 자존감을 높이기 위해 인, 의, 예, 지(仁, 義, 禮, 智)를 가슴에 담고 극기복례(克己復禮)의 자세로 내 이기심을 버리고 예의범절을 지키려고 인(仁)의 측은지심(惻隱之心)과 의(義)의 수오지심(羞惡之心)과 예(禮)의 사양지심(辭讓之心)과 지(智)의 시비지심(是非之心)을 일상생활에서 마음에 담고 살려함에는 혜안 있는 지혜로움과 현명하게 살고자 하는 현실성에 슈바이처 말대로 "학문과 종교도 인간을 위함이지 그것이 삶의 목적이 아니다."라는 것을 가슴에 담고 옳고 바르고 참되게 살려고 노력하며 아름다운 삶으로 행복하기 위한 극기복례의 의미를 터득하고자 한다.

결혼으로 가정과 가족을 형성함에는 양가의 가족과 함께 집단지성으로 행복을 추구해야 되기에 서로가 책임있게 하려면 "배우자 부모와 형제에 대하는 척도가 배우자에 대한 사랑의 척도"로 알아야 서로가 책임 있고 진심어린 공경심과 사랑으로 대하여 양가 모두의 행복을 도모하는 결과가 될 것이다.

후손에 바라건대 공자님이 시조라서 자부심을 갖기 전에 인성과 품성 향상에 사명감으로 자존감을 높이여 "공자님 후손답게 살기"를 바란다.

나 자신은 많이 부족하였기에 후손에 바라는 것이다.

보람 있는 삶의 행복

공노석 회고록

2
직업과 직장과 돈도
행복의 수단이다

◇ 직업은 좋아하고 잘 할 수 있는 것을 선택해야 성공적

◇ 직장은 행복하려는 삶의 터전

◇ 돈이란 행복에 필수이지 절대적이지 않다

2
직업과 직장과 돈도
행복의 수단이다

◇ 직업은 좋아하고 잘 할 수 있는 것을 선택해야 성공적

사람이 살아가는 과정에서 필수 불가결하고 절대적인 직업
이란 노동을 한다는 것은 그 자체를 위한 것이 아니고 노동에
서 얻어지는 삶의 가치로 행복을 추구하기 위한 수단이기에 직
업 속에서 노동과 휴식을 반복하는 과정으로 행복감을 극대화
하는 지혜가 현명할 것이다.

학문에 뜻을 갖고 배움의 길을 가는 지학(志學)이라는 15세를
넘어 약관(弱冠)이란 20세를 넘어서면 살아갈 직업을 선택하려
고 전문분야 학위취득을 위한 대학교와 학과를 선택하는 과정
을 거쳐 평생을 먹고 살기위한 직업을 선택한다. 직업 선택은
"좋아하는 것을 즐기면 최고다."라는 말들을 많이 하는데 내
가 생각하는 직업은 "좋아하되 잘 할 수 있는 것"을 찾아야 한

다고 본다. 좋아하는 것을 하면 열정으로 할 수 있는 모멘텀은
되지만 잘 할 수 있다는 것과는 다르다. 사람마다 재능에는 지
능과 기능이 달라 잘 할 수 있는 것이 다르기에 자신의 생각으
로 취향에 따라 좋아하는 것이 중요하지만, 실전에서 체험의
과정을 거치거나 많은 정보를 얻어, 적성에 맞아 재능을 최대
한 발휘할 수 있는 직업을 선택해야 삶의 시너지 효과가 극대
화 되어 인생을 성공적으로 살아갈 수 있다. 예를 들면 운동선
수로 성공한 사람이 감독으로 꼭 성공하지 못하는 것과 같다.
선수는 지능 지수보다 기능지수가 높아야 되겠지만, 감독은
기능지수보다 통솔력 같은 리더십의 지능지수가 높아야 잘 할
수 있는 것과 같이, 같은 운동이라도 잘 할 수 있는 것이 다름
에 있어 성패가 좌우된다는 사실이다.

그런 면에서 보면 나의 건축 시공 직은 운명적으로 선택된
면이 있었는데 "좋아하고 잘 할 수 있는 직업"이 주어져서 성
공리에 살아 올 수 있었다는 것에는 그 시절의 산업현장이 급
발전함에 있어 운명적으로 주어지는 과정에서 선택된 것이
지만 살아오면서 격물치지(格物致知)로 터득한 직업 선택관이기에
하는 말이다.
첫 직장은 건축설계 사무실이었으나 적성에 맞지 않고 사업
주의 무능력에 여러모로 인내하기 힘들 정도로 고생이 많았기

에 건설회사로 옮겨 시공직을 선택하였다. 그런데 작업원을 지휘 통솔하는 기술직종이 적성에 맞아, 재미있고 즐기며 할 수 있는 업무였다. 별 보고 출근하여 별 보고 퇴근하는 고달픈 근무여건도 힘들고 어려운 줄도 모르고 열정으로 근무하여 동년배보다 앞서가는 승진으로 보람 있게 살 수 있었다.

그 시절에 "부지런하면 천하에 난관이 없다."는 일근천하무난사(一勤天下無難事)라는 말을 가슴에 담고 참으로 열심히 학력 좋고 스펙 좋은 동료들과(학번으로 따지자면 대선배들과) 선의의 경쟁심으로 뒤지지 않으려는 강한 자존심으로 "정신을 한 곳에 집중하면 못 할 것이 없다."는 정신일도하사불성(精神一到何事不成)을 뇌리에 심고 성취욕에 취하여 헝그리 정신으로 살다 보니 대기업에 속하는 건설회사에서 고졸 스펙으로 27세에 첫 현장소장에 임하고, 30세에 부장 되고, 39세에 기업의 별이라는 임원인(그 시절 임원은 50대가 보편적 대세)이사에 승진하는 성취감에 만족하여 "35세까지만 직장생활 하려던" 인생 로드맵을 44세까지 연장하여 다녔던 것이다.

그 시절에는 40대 정도에나 현장소장 하던 시절인데 남보다 일찍이 현장소장 할 수 있었던 것은 "한 번 보고 배운 것은 학습능력이 뛰어나고 자신감 있게 창의성을 남다르게 발휘할 수 있었기에 그럴 수 있었다."고 자만하게 말하면 흉이 되겠지만 이해심을 기대하고 싶다.

프랑스 철학자 파스칼의 말에 의하면 "생각하면서 살아라, 그렇지 않으면 사는 대로 생각하게 될 것이다."라는 것에 충실한 젊은 시절에 창의성이 투철하여 그랬다 할 수 있다.

한 가지 배우면 더 효율적이고 실용적으로 좋은 건물 만들려 하며, 생산성 있게 현장 관리 하여 공기 단축과 원가 절감에 매진하는 노력을 하여 협력업체로 부터도 인정받고, 함께 이윤 창출하는 풍우동주(風雨同舟) 정신으로 효율적인 생산성을 높이려 하며, 협력업체 이윤창출 관리는 궁극적으로 나를 위함으로 귀결된다는 상생적 자아의식이 중요하다.

"공부보다 학습력의 고수가 세상을 지배한다." 했다. 그러기 위한 수단으로 내가 자부하는 것이 메모하는 습관이다. 현장 기사로 근무하던 시절부터 모든 업무상 보이거나 생각나는 것은 메모하여 일이 완결 될 때까지 확인하는 습관을 가져 현재까지도 내 곁에는 펜과 메모지를 함께하며 메모하는 습관을 버리지 않고 있다. "**천재도 메모하는 사람을 못 이긴다.**"는 말이 있는데 메모하는 습관이 나의 완벽주의 지향에 지대한 효과를 가져다 주었으며 신뢰성을 쌓는 필수적 수단이 되었다.

좌우명 무신불립(無信不立)에 부합하고자 약속하는 것을 지키려 하면 무엇보다 잊지 않고 기억하는 것이 제일 중요하기에 메모하는 것이다. 또 한 가지 신뢰성을 쌓는 것에 중요한 덕목에는 한 말에 책임지는 자세이기에 책임 못질 말은 않고, 한 말에는 끝까지 책임지려는 자세가 모든 사람에게 신뢰를 쌓는 것이고, 책임이 강하다는 것에는 자신감이 내포되는 것이다.

프랑스 작가 로맹롤랑이 말했다.

"나 자신이 나를 믿어야 남도 나를 믿어준다."

자기 자신을 믿는다는 것은 자신감이 전제되기에 스스로를 우수한 인재로 만드는 최고의 비결이라는 것이다. 말할 수 없는 고통과 불행이 닥쳐와도 살아 내고자 하는 투지와 긍정적인 정신만 잃지 않는다면 어떠한 고난도 이겨낼 수 있다는 것에서 자신감이 형성된다.

사람의 가치는 경험이 늘어갈수록 커지며 좌절이나 불행을 겪는다고 해서 깎이지 않는다. 불행도, 고통도, 실패도 자신의 가치를 높여주는 인생 경험이다. 그러니 어떠한 순간에도 희망과 자신감을 잃지 말아야 한다는 것이다. 만사에 실수를 두려워 말고 자신감으로 말하고 행동하는 것이 효율적이고 능동적이므로 생산성이 된다.

한번은 회장께서 "공 이사는 자신감이 강하고 약속을 지키고 한 말에 책임지려는 사람"이라고 임원회의에서 칭찬을 받았던 기억이 있다. 아마도 이런 신뢰성을 중시함이 나의 발전에 큰 밑거름이 되었다고 본다. "책임에는 권한과 비례한다."는 것이 보편적 원칙이라서 자신이 한 언행에 책임지려는 자세에는 권리가 주어지고 얻어지기에 권한이 많아지는 것인데 권한을 부리려거나 남용하면 책임이 당연하고 의무이기에 책임을 강요받는다.

다음으로는 모든 것에 진솔한 사람이 아름답고 최종 결과가 좋다. 한 번의 실수를 모면하려 거짓을 하면 증폭되는 거짓에 자업자득(自業自得)되거나 자승자박(自繩自縛)되어 크나 큰 실패로 귀착된다.

누구나 일을 열심히 하다보면 실수가 있을 수 있고, 게으르고 일을 않는 사람은 실수가 있을 수 없기에 실수하는 사람에는 관대하고 용서가 될 수 있으나, 거짓에는 고의성이라서 용서가 될 수 없기에 돌이킬 수 없는 책임으로 귀착된다.

"잘못하고도 고치지 않는 것이 더 잘못하는 것"이라는 과이불개(過而不改)라는 말을 가슴에 담고 사는 것이 자기 발전의 원동력이 된다. 누구나 잘못한 것을 반성하고 뉘우침에서 옳고 바르게 발전할 수 있기에 하는 말이다.

즉 "실패는 성공의 어머니"라는 말의 진의를 가슴에 담고 살 필요가 있다고 본다.

만사에 진솔한 사람이 소신 있고 주관도 확실하여, 아부하거나 아첨으로 간신 같은 노릇 아니하고, 일에 자신감 있어 자신의 업무에 책임감 갖고 일의 결과로 성과를 내려는 성취성에 자부심 갖기에, 능력 있고 실력 있는 사람인 것이다.

거짓이 습관적인 사람은 일을 하는 척 하지 책임감 있게 열정으로 하질 않는 것이 인간의 심리인 것이다.

그래서 나에게는 책임의식이 깊이 각인되어 완벽주의로 승화되어 지나치게 빈틈을 보이지 않으려는 것이 K라는 후배 직원이 "완벽주의가 단점"이라며 충언하여 성찰하는 기회가 있었고, 그 후배의 진언에 감사한 마음을 잊지 않고 있으며, 완벽주의자라고 말하지 않았는데도 그렇게 보았다는 것은 인간미가 없어 보인다는 뜻일 것이나 일의 성취욕이라서 단점이기 전에 장점이 많다는 나의 생각에 변하지 않고 있어 부드러워보이지 않고 카리스마와 강직한 면이 친화력에는 도움 되지 않는다는 것을 알고 있다. 그의 깊은 마음을 알기에 항상 고마운생각을 잊지 않고 있어 후배가 회사에서 퇴직 후 집에서 두문불출하며 어려워하는 것을 알고서 내 회사의 현장 책임자로 근무할 기회를 부여하여 "사회생활에 적응할 수 있는 자신감을줬었다."는 것에 항상 고마워하고 있기에 내가 더 감사한 마음에서 보람으로 담고 있다.

그 시대의 직장에서 과장인 사람이 부장 소장에게 단점이라며 충언하는 것은 진실한 마음과 나에 대한 신뢰가 없으면 할 수 없는 것이라서 고마워하지 않으면 내가 잘 못 사는 것이라는 생각이었다.

필자는 예나 지금이나 칭찬보다는 단점과 잘못하는 것을 지적해 주는 사람을 더 좋아하고 고마워하는 이유는 "모르고 한 실수를 알게 됨으로 반성과 성찰로 내 인격과 품격을 높일 수 있는 기회가 됨"으로 상대의 이타적 사랑을 감사히 받아들이는 것이다.

칭찬은 쉽게 할 수 있으나 단점을 지적하는 것은 많은 관심으로 사랑이 없고 상대를 신뢰하지 못하면 할 수 없는 것이다. 잘못하는 것 보고도 모른 척 하는 것은 상대가 잘 못 되길 바라는 것과 같은 것이고, 잘 되길 바라는 마음이기에 어려운 말을 하는 것이다.

보편적으로 "칭찬은 고래도 춤추게 한다."는 말은 일반적으로 사기를 북돋아 주기 위함이기에 필요한 것이나 서로가 중하게 여기는 관계가 전제되면 칭찬보다는 조언이나 진언을 하고 서로가 고맙게 받아들여야 한다.

그러기에 세상을 산다는 것은 남과의 경쟁이기 전에 자신과의 경쟁이고 싸움인 것이다. 내가 내 자신을 이기면 세상을 이길 수 있지만, 내가 내 자신과의 싸움에서 진다면 세상과의 싸움에서 이길 수 없다는 의지의 산물이라는 말이다.

세상은 나로부터 시작하여 나로 귀착된다.

내 괴로움과 즐거움도 나로부터 시작되고 나로 끝난다는 것에서 행복은 자신이 만든다는 말이다. 그리하여 자신을 제대로 알아야 자신을 이길 수 있어 행복하다. 이것이 자신에게 "이겨놓고 싸워라."는 선승구전(先勝求戰)이라는 말이 해당되기에 자신을 이길 수 있는 준비가 선행되어야 만사에서 성공할 것이라는 말이다.

자신이 하는 직업에는 정신일도하사불성을 가슴에 담고 "하겠다."는 목표를 세우고 "할 수 있다."는 의지의 개념으로 "하면 된다."는 신념으로 자신을 믿고 세상을 지피지기(知彼知己)하면 백전백승(百戰百勝)할 것이다.

직업으로 하는 일에는 지나친 마진보다는 회전율과 성취욕을 중시하는 것이 지속 가능한 직업이 될 것이고 매몰 비용과 기회비용으로 낭비되지 않게 되어 성공의 길이 될 것이다.

기업이윤은 모험의 대가라서 지나친 보수성은 이윤이 형성되기 어렵기에 미래지향적 혜안으로 모험적 투자개념이 우선시 되어야 한다는 생각이고 투자는 "잘될 때일수록 조심하라."
는 말을 덧붙이고 싶다.

잘 되면 자만하여 공급자로서 책임의식을 간과하여 수급자
에 소홀하여 신뢰를 잃고 실패를 자초하는 경우가 많다는 것
을 가슴에 담아야 된다는 것이고, 땀과 노력을 믿어야지 요행
을 바라며 운을 기대하는 사람에는 미래가 없다. 여기에 지나
친 자존심은 사업에 도움 되지 않더라는 자성을 한다.

투자는 의지의 산물이 아니고 기회의 산물이라서 기회를 선
점하는 혜안이 중요하기에 1995년에 사업의 길로 들어서면서
전원주택 분양업을 선택하였던 것도 건축분야에서 초기단계이
기에 기회 선점으로 보았고, 입지 선점으로 양평 양수리를 선
택하여, 나름대로 잘 되고 있던 중에 국가적 불행인 IMF를 맞
아 어려움이 있었으나 잘 마무리 했다. 좀 더 모험심으로 용기
있게 못했던 아쉬움이 있는 것은 가족에 대한 책임감이 앞서기
에 마진보다는 회전율에 우선하여 욕심에는 못 미치는 결과지
만 나름대로 성공리에 끝냈다.

사회적 활동을 하면서 보람 있고 뜻있게 살려면 준법정신이
중요하기에 가능한 많은 법을 알아야 효율적일 것이다. 법이
란 자유민주주의 국가에서 서로가 공정하고 공평하게 정의롭

도록 살기위한 합의 된 기준이라서 상법, 공정거래법, 조세법 뿐 아니라 민법과 형법도 가능한 많이 알아야 함에는 "아는 만큼 보인다."는 사실이라서 그렇기도 하거니와 알아야 남에게 본의 아닌 피해를 주지 않고 바르게 살 것이고 자신의 사회생활을 능률적이고 효율적으로 생산성을 높일 수 있을 것이라는 말이다. 이러한 면에서 나는 모범 납세자 증명서 받고 이에 상응하는 혜택을 받고 있는 것에 자부심 갖고 납세의 의무를 충실히 하고 있는 것에 자랑스러워하고 싶다.

운전하려면 교통법규 알아야 하듯 세상을 살려면 가능한 모든 법을 아는 것이 자신을 지키고 보호할 수 있어서 삶을 한층 더 업그레이드 하며 살 수 있다.

준법은 질서 지키는 규칙으로, 모두의 행복임을 터득한 경험을 말하려 한다. 큰아들 미국유학시절에 미 서부지역 여행 겸 아들의 생활상을 보려고 아내와 함께 갔을 때, LA에 거주하는 친구 같은 공군 최병완 선배가 내 아내 생일날 축하의 의미로 부부 동반으로 골프장에 갈 기회를 주었다.

골프장에서 즐거운 시간을 보낸 후 오는 길에 반대편에서 소방차가 사이렌을 울리며 오는 것을 보았다. 그런데 그때 양방향 모든 차가 갓길로 피하여 정차하는 모습을 보고서 반대편 차까지 정차하는 이유를 이해할 수 없었다. 하지만 잠시 후 그런 선진적 준법정신을 보인 모습에 감동했으며 이런 것이 모두의 행복지향의 첩경이라고 생각했었다.

물론 탈법과 불법자에 징벌적으로 처벌하니 준법적일 수 있으나, 어떠한 경우라도 준법정신이 자유민주국가의 골격이고 모두의 행복지향이라서 책임의식으로 승화되어야 한다고 본다.

이렇게 깨달음의 기회를 제공하고 융숭한 대접을 하였던 최병완 선배에 항상 감사한 마음을 갖고 있다.

사람은 보편적으로 물질적 욕심이 있기에 "물건을 보면 가지고 싶은 생각이 있다."는 견물생심(見物生心)에는 격득사의(格得思義)라는 "자신에 이득이 있을 때는 옳은지 그른지 판단하라."는 것에 충실해야 소탐대실(小貪大失) 않고 옳고 바르게 보람되도록 살 수 있다는 것이다.

준법만이 무한경쟁 사회에서 영원한 승자로 함께 살아갈 수 있기에 준법을 즐기는 근성이 행복한 것이다. 그것이 많은 수입으로 돌아와 부를 가져다주기에 반복되는 과정으로 더 많은 수입과 성과로 가치를 창출하고 사회적 약자에 배분하려는 자세에서 행복감을 찾으면 모두가 인정해주는 인류의 기여자로써 행복이 최고조에 달할 것이다.

그래서 행복은 "어떤 것이며 어떻게 찾아 누릴 수 있는가?"
하는 자성론(自省論)이다.

세상을 살아가는 과정에는 언제나 리스크 관리가 중요한데
준법정신도 같은 것이라 본다.

리스크라 함은 라틴어 "riscare"의 "용기 있게 도전한다."에
서 유래되어 해양시대로 접어들며 숨겨진 암초를 "극복해야 할
일"이라는 말로 쓰여 지고 있는데 살아가며 미래에 있는 악재
들을 미리 예측하며 선제적으로 준비해야 되기에 유비무환(有
備無患) 자세가 자신을 보호하고 보람되게 살 수 있다는 것이다.

학창시절에 맺어진 친구 관계에서 친분이 형성되는데 사회
적 문화와 환경을 겪으면서 성품이 천태만상(千態萬象)으로 변
하게 되어 있어 천차만별(千差萬別)로 구분 되는 것을 간과하고,
젊고 어린 시절 맺어진 친분으로 무조건 좋아하며 의리를 중요
시 하게 되는데 여기에 중요한 것이 "좋아하는 친분과 신뢰성
은 다르다."는 것을 알고 구별하는 것이 자신의 리스크 관리가
된다는 것이다.

내가 사업 초창기에 이것을 분별하지 못하여 좋아했던 K라

는 친구를 믿었던 나에게 엄청난 피해를 주어 사업의 로드맵을 수정하는 경험으로 터득한 격물치지(格物致知)이기도 하지만 많은 사람들이 공감할 수 있을 것이라 본다.

　직업이란 공급자라는 것과 같은 함의가 있기에 자신의 직업을 수급하는 사람에게 경쟁력이 있으려면 수급자의 가성비를 넘어 가심비를 얻어 가신비라는 신뢰를 쌓는 사례를 말하려 한다. 나에게는 위산과다증이 있어 역류성 식도염으로 대형 병원을 다니며 치료 받았을 때, 의사들마다 치료약만 처방하는 것으로 끝이었는데 중급병원인 SD병원의 내과 M과장께서 친절히 대하며 하는 말이 "의사는 낫는 방법만 알려주는 것이고 낫는 것은 환자가 올바른 생활습관과 의지로 낫는 것"이라며 식습관과 취침 습관과 음식을 가려 먹도록 자상하게 알려주어, 나의 의지력으로 많은 효과를 볼 수 있었기에 많은 감사함으로 기억하고 무한 신뢰감을 갖고 있으며, 나는 모든 것에 타산지석(他山之石)으로 그분이 "진심을 팔아 신뢰를 쌓는 자세"를 학습으로 삼고 있다.

　이렇게 마음을 사려는 것이 직업의 공급자로서 경쟁력을 쌓는 수단이고 절대적이란 말이다.

　그리고 급변하는 세상에서 남의 것을 모방하고 따라가는 것은 아무리 잘해도 2등이고 아류로 사는 것이라서, 창의성으로 기회 선점하고 입지를 선점하는 정신이 중요하다.

압축 성장에 의한 필연일지 몰라도 우리 국민들에게는 선진국에 대한 사대주의가 많다는 생각이다. 경제 분야 뿐 아니라 문화 예술과 언어까지도 선진국 것에 대한 맹신적 선호도가 있어 명품이란 외국 브랜드에는 가성비 개념이 없고, 외국 가요와 언어도 선호하며 잘하는 것을 품격과 인격의 척도로 간주하는 경향이 있는 것에 아쉬움이 많다. 심지어 외국 명품브랜드 업체에서 "타국에 비하여 수익률이 높고, 같은 물건이라도 비싸야 잘 팔린다."라고 말하는 것을 들으면 대한민국 국민으로서 부끄럽고 자존심 상한다.

"자존을 지켜야 자존감이 높아진다."는 사실에 부합되어 자존심 강한 선진국 되기를 기대하고 희망한다.

외국 가요와 언어 잘하는 것을 폄하 하려는 것이 아니고, 잘하는 것이 필요에 따라 필수일 수 있겠으나 우리 것에 대한 사랑과 중요함을 모르는 것은 자존심 없는 소아의식이라 본다.

"가장 한국적인 것이 가장 세계적인 것"이라는 사실을 인식하고, 우리 것을 사랑하고 글로벌 시장에 브랜드화 하면 경쟁력 있기에 개성 있고 개인적인 창의성으로 발굴하는 것이 부가가치 높은 결과가 된다는 생각이다.

경제는 글로벌 10대 강국이 되었기에 문화의 뿌리인 언어와 대중문화인 K드라마, K팝 등 예체능까지도 선진화 하려는 노력이 명실공히 선진국으로 도약되어 모든 삶에 시너지 효과를 높이면 모든 국민이 보람 있게 된다는 것이다.

인간은 본질적으로 직업 속에서 자유와 행복을 지향하며 성장으로 성공을 위한 무한 경쟁 속에서 발전하는 운명을 갖고 있기에 경쟁은 피할 수 없다. 무한 경쟁은 시간적 길이만 뜻하지 않고 상대적 공간도 무한이다.

모든 일에서 수많은 사람들과 끝없는 경쟁을 하면서 살아야 하는 운명이기에 즐기는 자세로 살면서 그 첫째는 선의의 경쟁이어야 되며, 이기기 위한 목적으로 이기적이고 악의적인 경쟁은 당랑규선(螳螂窺蟬)이라고 "앞의 먹이 감만 쫓다가 뒤에 오는 먹이 감이 된다. 바꿔 말하자면 지금 당장의 이익만을 탐하여 그 뒤의 위험을 알지 못한다."는 것을 명심해야 한다.

이기적 경쟁에서 선의의 경쟁으로 승화되기를 기대하며, 더 나아가서는 사랑이 있는 경쟁으로 발전하려면 윤리와 도덕적으로 종교적 교훈이 필요하다. 바라건대 "선의의 경쟁에서 사랑하는 경쟁이 모두에게 평화스러운 자유와 행복을 보장하는 첩경임을 명심하자."고 주장하고자 한다. 선하고 사랑하는 경쟁으로 승화시키기 위해서는 정의로운 판단과 공정한 질서가 중요하며 사랑을 주고받으며 위해주는 배려심이 원동력이 되어야 한다.

경쟁이 아예 없는 곳에서 살고 싶은 것은 본능일 수 있으나 그럴 수 없는 것이 현실이다. "피할 수 없으면 즐겨라." 했고 "자유롭게 살아라. 단, 다른 사람에게 피해주지 않는 범위 내에서." 이것은 영국의 철학자 존 스튜어트 밀의 말이다.

모든 경쟁에서 승자가 되려면 의식 수준과 정신력이 중요하다는 사실에서 거시적이라 할 수 있는 사례로 말하려 한다.

1991년 이사직으로 근무 시, 건축부장 두 명과 건축담당 부사장과 함께 네 명이 회사의 배려로 일본의 건설현장 견학 갔을 때, 많은 것을 배우고 느끼며 자성하는 마음으로 귀국하였던 것에 기술적인 것은 전문적이라 이해도가 제한적일 거라 보기에 배제하고, 근로자와 관리자들의 인성적 측면에서 정신적 자세를 말하려 한다. 그 당시 일본과의 기술적 차이는 15년 정도라 보았으나 근로자들의 의식과 정신적 자세는 그보다 더한 세월이 필요할 것 같았다.

모든 근로자가 근면하고 성실하고 친절한 모습에 안전관리도 철저하여 안전모, 안전화, 안전벨트는 모두가 착용하고, 외국인이 현장에 돌아 다녀도 관심 없이 개의치 않고 자기일 만 열심인 것을 보고서 우리나라 현장과는 대조적인 것에 감탄하고 왔었다.

그 당시 우리나라 현장은 근로자들에게 안전모 쓰라면 "내 몸 내가 알아서 하는데 왜 참견이냐?" 했을 때이고 강요하면 일을 않고 가버리는 상황이었다.

여기에서 우리의 의식 수준과 정신 자세를 보노라면, 그들의 선진국이 그냥 된 것이 아니고 높은 의식 수준과 정신력이 글로벌 경쟁력을 형성하고 있다는 것이다.

선승구전(先勝求戰)의 "이겨놓고 싸워야 승자가 된다."는 말을 하고자 하는 것은 일본에 치욕적인 역사가 있어 미워하고 적대시 할 수밖에 없으나, 그냥 미워만 해서는 극일을 할 수 없으므로, 그들의 장점은 배우며 창의적으로 뛰어 넘도록 하여 그들을 추월할 수 있도록 함이 중요하다는 것이다. 뛰어넘어 극일 하는 것이 승자인 것이지 감정으로 복수심에만 가득차서 감정으로 미워하고 갈등으로 대하는 것은 진정한 극일은 요원하다는 생각이며 매사에 의식 수준과 정신 자세가 중요하다는 말이다.

필자의 직업에서 사업에 관한 사항은 논외로 하려 한다.

사업 초기에 세웠던 사업계획서에 욕심일지 몰라도 만족하지 못한 아쉬움이 많고 실력 부족과 경영을 논할 자격도 부족하기에 그렇다. 지금에 와서 반추하여 자성해보면 "절실한 마음이 부족했었다."는 것이다. 가족에 대한 책임감이 앞서다 보니 지나치게 보수적으로 사업을 했다는 것이다. 단, 25여 년 사업 전선에서 남에게 피해주지 않고 정의롭게 살면서 가족에 책임 있게 하였으며 부끄럽지 않게 살아 온 것에 만족하며 여생을 유덕동천(惟德動天)에 충실하도록 살려는 것에 만족하고 감사하며 살려 한다.

끝으로 자본주의 시장경제의 나라에서 노동의 가치를 높이고 부가가치 있게 살려면 경제 공부는 누구나 필수적으로 해야 된다는 것이다. 사업하는 사람 뿐 아니라 월급 받아 모은 돈을 재테크 하여 재산증식 하려고 해도 경제 공부 해야만 실패하지 않고 성공의 길로 갈 수 있다는 것을 권고하고 싶다. 돈을 버는 것 못지않게 관리하는(재테크) 것도 중요하다. 그러려면 일이란 업보가 아니라 선물로 보아야 일 자체가 소중해 보인다.

일을 함으로써 생존하고 생계를 유지하며 건강까지 지킬 수 있기에 기쁨을 얻을 수 있어 행복으로 귀착된다. 일을 고된 노동 혹은 다른 무언가를 위한 수단으로만 보면 아무리 좋아하는 일을 하더라도 언젠가는 일에 대한 열정을 잃게 된다.

소크라테스는 말했다. "사람의 기분은 환경이 아니라 마음에 의해 결정된다."라는 것은 일도 기분에 의한 성과가 된다는 것이다.

자기 자신을 아끼는 것처럼 일도 아껴라. 현재 하고 있는 일을 가장 훌륭하고 영광스러운 사업으로 생각하라. 자신의 일을 진심으로 사랑하는 순간 성공의 문이 활짝 열릴 것이다.

매사 진인사대천명(盡人事待天命)이라고 "인간으로서 해야 할 일을 다 하고 나서 하늘의 뜻"으로 받아들여야 한다.

학부형 세대에 강조하고자 함에는 자식 교육에는 직업 선택 위한 공부임을 인식하고 "선택과 집중 교육"으로 경쟁력을 키우고 다음으로는 "인성 교육"이 중요하기에 "옳고 바르지 못하면 만사가 허사로 불행을 자초한다"는 개념으로 "낭비성 교육이 되지 않게 하는 지혜와 현명함이 중요하다"는 말이다.

즉, "공부 자체가 목적이 아니고 행복 위한 수단"으로 알고 직업 선택과 인성과 품성 위한 교육이여야 가치있고 효율성있게 살아갈 수 있다는 것이다.

예를 들어 10대에 가수로 명성을 얻어 직업 선택이 되었으면 가수로서 경쟁력을 높이도록 공부하고 학습하고 인성과 품성은 독서와 학습력으로 익히면 실용적으로 충분할 것을 대학 졸업장 받으려 시간과 돈을 소비하는 것은 "낭비이고 스펙은 사치에 불과"하다는 사실에는 **"인생은 행복이 목적"**이라서 하는 말이다.

◇ 직장은 행복하려는 삶의 터전

인생을 펼쳐가며 행복하게 살려는 삶의 터전이 직장이라서 무엇보다 "어느 곳이든 가는 곳마다 주인의식을 가져야 한다." 는 수처작주(隨處作主) 자세로 먼저 회사를 사랑하는 "애사심"이란 직업관이 있어야 자신의 성취감이 높아진다.

자신이 속해있는 조직이나 단체를 사랑하는 것은 자기 사랑으로 귀착되기에 하는 말이며 직업관이 투철한 사람이 책임감이 강하여 성취감이 높아진다는 것이다.

애사심이 있어야 열정과 열성으로 최선을 다하는 근무 자세가 되는 동기 부여가 되어 성취감이 높아지는 결과가 되는 것이나, 어떠한 이유가 됐던 불만이 있으면 근무에 태만하고 일에 대한 재미가 없어 일의 결과보다는 하는 척만 하여 성과가 있을 수 없어 상급자에게도 불신 받을 것이라서 자기 발전에 악순환 되어 퇴보하는 인생이 될 것이라는 말이다.

즉, 흔히 하는 말로 비유하면 "매사에 긍정적이면 발전에 원동력이 되지만, 부정적이면 퇴보하는 근원이 된다."는 말이다.

태양을 보고(애사심) 달리면 그림자(난관, 고뇌)가 보이질 않는다.

단편적이고 단견인 사람은 "요즈음 세상은 평생직장이란 없고 적자생존(適者生存)인데 무슨 애사심이냐." 할 수 있는데, 애사심은 열정과 책임감을 가져다주는 동기 부여가 되기에 "최선을 다하고 결과는 하늘의 뜻으로 받아들인다."는 진인사대천명(盡人事待天命) 자세로 근무해야 후회 없는 삶이 될 것이기에 애사심이 자신을 위하는 결과임을 알자는 것이다.

나는 이러한 기본 개념이 있어서 급성장하는 모멘텀이 되었다고 본다. 사원이란 기사 직급으로 입사하여 3년 만에 대리직급 현장 소장을 명받아 차·부장급과 같은 규모의 현장에서 경쟁하여 성공리에 준공하고서 대리에서 과장 직급을 뛰어 넘고 차장으로 특진 했던 것은, 내 생에 크나큰 행운이었다고 생각된다.

이러한 행운을 언론사에서 어찌 알았던지 29세로 차장직급 세 번째 공사의 마포 현장소장 시절에 조 회장님 중곡동 사택 현장을 겸직하고 있었는데 코리아 헤럴드에서 "유망한 젊은이"라는 타이틀로 취재하여 실렸었고, 후로는 다른 월간지도 취재 와서 인터뷰하여 서너 번 실렸었다.

　필자가 급성장함에는 회사의 급발전에 따른 동반 성장이란 행운적인 기회가 있었다는 것을 부정하고 싶지 않다는 데는, 라이프주택이 건설회사 도급순위 10위권까지 급성장하니 그 당시 외화가 중요했던 정부에서 외화벌이 수단으로 해외공사를 권장하여 경험 없는 회사로서 참여했던 탓으로 시행착오가 많았기에 30세의 젊고 해외 경험도 없는 나에게 부소장이란 중책으로 보냈을까 하는 생각이 들지만, 나에게는 중요한 경험이었고 행운이었기에 나의 급성장에 많은 도움이 되었다는 사실이다.

　1980년은 나라가 정치적으로 혼란스럽고 급변하는 시기였던 때, 마포 진주아파트 현장소장으로 조내벽 회장 중곡동 사택 공사를 겸직하고 준공할 무렵, 조정민 부회장이 사우디 현장에 급파해야 되겠다기에 "형제 중에 형님이 교통사고로 식물인간 되어 병원에 입원중이라 부모와 가족에 죄 짓는 것 같아서 못 간다." 했는데 며칠 후에 회장이 호출하여 사택공사 하느냐, 수고했다며 월급에 해당하는 촌지를 주면서 "자네만큼 책임감 있고 추진력 있는 소장감이 없으니 6개월만 다녀오라." 하여 어쩔 수 없이 가기로 하고 1981년 1월 23일 울부짖는 아들과 가족을 뒤로하고 출발했던 아픔을 잊을 수 없으며,

다음날 리야드 지사로 하여 쿠웨이트 국경지대에 있는 알루카이 세관건물 50여 동 신축현장에 부소장으로 근무하며 힘든 과정도 있었으나, 좋은 경험으로 나의 급성장에 도움이 되었다고 본다.

그해 7월, 형님은 운명하셨는데도 귀국시켜주지 않고 약속된 6개월도 지켜주지 않아 야속했었으나, 공정을 마감한 12월에서야 휴가로 귀국시켜주고는 1개월 후 부회장이 사우디로 다시 나가라 하기에 "못가겠다." 버티니 1982년 2월부터 여의도 주택은행 본점(현 KB국민은행 본점) 소장으로 임명 받았던 것이다.

사우디 현장 근무 시에 잊지 못할 일을 기억으로 남기고 싶어 기록하고자 한다.

알루카이 현장에서 급히 서울 본사로 보낼 서류가 있으면 담맘 비행장에서 KAL 항공편으로 보내야하기에 다섯 시간 이상 걸리는 현장에서 밤 11시에 출발, 다음날 아침 6시에 출발하는 비행기 시간에 맞추어 내 승용차 운전사와 가다가 새벽 3시경에 고속도로에서 전복되는 사고로 안전벨트 안 맸으면 운명을 달리할 뻔 했었던 일로, 운전 중 안전벨트 착용의 중요성을 터득하였고, 한번은 함께 갔던 김덕중 과장과 조영균 주임과 10여 명의 직원들과 그 해 6월 12일 금요일에 차 다섯 대와 예비 휘발유 싣고 사막을 횡단하여 페르시아 만으로 해수욕하러 가던 중, 사막에서 길을 잃고 헤매고 있다가 낙타 몰고 다니는 유목민 만나 통하지 않는 말에 손짓, 발짓으로 안내받아 해질 무렵 페르시아 만에 도착하여, 게 잡고 물놀이 하고 놀다 현장으로 다음날 새벽 되돌아왔는데, 많은 직원들로부터 핀잔 들고 고생한 것보다도 책임자로써 직원들이 잘못될까봐 노심초사 했었기에 앞으로는 어떠한 경우라도 "무모한 모험은 절대로 않겠다." 하는 교훈을 가슴에 담았던 일로 잊지 않고 있다.

보편적으로 10여 년 앞서가는 인생에는 남모르는 고뇌도 많았다. 보이지 않는 경쟁심에는 시기와 질투가 있게 마련이고 나에게도 핸디캡이 있기에 뛰어넘으려고 주경야독 하여 피나는 노력으로 실력을 쌓아야 했고 연상의 하급 직원들에게 약점 잡히지 않으려고 만사 조심하며 완벽주의를 생활 철학으로 갖고 지각 한 번 안 하려 하며 근무했었다.

무엇보다 한국의 관습적 문화로 장유유서(長幼有序)를 중시하는 사회에서 5~10여 년 연상의 수많은 하급자를 통솔하는 리더십에는 심리학적으로 인성을 파악해야 했고, 지피지기(知彼知己)하는 치밀함이 필수적이었으나 숨기고 싶은 에피소드도 있었던 것에 솔직히 반추하여 성찰하고 있다.

지금 와서 되돌아 생각하면 "그 시절로 되돌아가라면 자신

없다."는 생각이 들지만 스스로 대견했다는 것으로 만족한다.

이 모든 것을 뛰어 넘으려면 남보다 앞서가는 학습력에 의한 창의성으로 압도하려는 노력이 필수적이었다.

무엇보다 회사에서 지향하는 것에 부합되도록 "나무만 보질 않고 숲도 보려는 자세"로 애사심이 전제되어 맡은 일에 투철한 책임감이 있어야 했기에, 여러 건의 창의성 중에 대표적으로 여의도 본사 앞 콤비빌딩 현장에서 국내 네 번째로 했던 탑다운 공법에서 창의성을 발휘하여 공사기간 38일과 실 공사비 오천만 원 절감으로 간접 절감 유발효과 수억 원 하였던 것을 말하려 한다.

일반적으로 건축공사는 터파기 하여 기초 공사 하고 지하실부터 시작하여 지상으로 올라가는 순차적 방식으로 하는 것이 누구나 아는 공법인데 탑다운(Top-down-Method, 역타 공법)이라 함은 지상 1층 바닥을 기점으로 하여 동시에 지하 5층으로 내려가고 지상 30층으로 올라가는 방식으로 골조 공사를 하는 공법이라서 기초 공사와 옥탑이 최후에 시공되는 역타 공법이라는 공사다. 이 공법을 하려기에 국내 세 번째로 시공하는 현장에 가서 배웠기에 많은 공부와 창의성이 필요하여 고심하며 직원들과 연구 중에 창의성이 발휘되어 설계실과 구조 기술사에게 토압과 구조력에 대한 자문을 받으니, 지하 1층 바닥을 기점으로 시공해도 되겠다는 자신감을 갖고 검토하니 공사기간 단축과 공사비 절감이 된다는 분석과 계산이 되기에 큰 모험이지만 결심을 하고 시행하여 결실을 볼 수 있었기에 큰 자부심을 갖고 있다.

설계실과 구조 기술사는 "모험심 강한 것도 좋지만 배운 대로 하는 것이 좋겠다."며 말리기도 했었다.

하지만 모험 없는 발전은 없고 남을 따라가기만 하면 항상 "2류인 아류가 되겠다."는 것이라서 강한 집념으로 실행하여 좋은 결실을 맺고 회장께서 현장 방문 시에 브리핑하여 칭찬받고 촌지도 받았었다.

이러한 창의성과 일에 대한 열정이 명문대 출신의 연상 선배들보다 먼저 이사로 진급할 수 있었던 것을 오만스럽지만 자랑스럽게 말하고 싶다.

훗날 인천의 건축 기술자 교육원에서 교육받을 때, 경험과 사례 발표하는 시간이 있었는데 "변형된 탑 다운공법"이라는 타이틀로 발표하여 찬사를 받기도 했었다. 창의성을 최대한 발휘하려면 "남의 머리 빌리는 지혜로 남의 말을 내 생각과 섞어서 이해하려는 생각의 능력이 있어야 남의 것을 내 것으로 만들 수 있다"는 사실이다.

건축물은 사람이 만들고 건축물이 삶을 만들고 표현하고 빛을 내는 그릇이며 안전한 생활과 경제와 문화의 공간으로 종합 예술의 집합체라서 자부심과 자긍심으로 임해야 최고의 작품으로 좋은 건물이 되는 것이라고 본다.

현장소장이란 직책은 주어진 설계도, 시방서와 예산으로 하자 없는 최고의 작품과 원가 절감으로 회사의 이윤을 극대화하는 책무가 있기에 그에 부합하는 창의성으로 공사기간 내에 완성할 책임이 있다.

이러한 책임에 충실하려면 협력업체에도 마진이 형성되도록 현장 관리를 철저히 하는 자세가 중요하다.

모든 산업 활동에는 마진이 있어야 일을 열심히 하고 잘 하려는 동기 부여가 되기에 적재, 적소, 적시에 자재 공급과 업종별로 순차적 작업관리 되도록 유비무환(有備無患) 자세가 중요하며, 안전관리에 충실해야 매몰되는 손실 비용이 최소화되어 유능한 현장소장이 된다.

여기에서 모든 일은 사람이 하는 것이기 때문에, 책임 있는 자세로 일을 하게 하려면 조직의 리더는 어떠한 경우라도 편견과 편애하지 않고 공정과 공평으로 정의롭게 하여 신상필벌(信賞必罰) 제도를 필수적으로 하는 것을 생명으로 생각해야 권위가 있어 효율성이 높다는 것이다.

잘하면 상 주고 잘못하면 벌을 주는 제도가 직원 뿐 아니라 협력업체에게도 작업상 맡은 책임을 다 하려는 동기 부여가 되게 하는데 필수적이었다는 것이 경험에서 하는 말이다.

이러한 창의성 마인드가 많은 핸디캡을 딛고 넘어서서 이사로 승진하여 임원의 한 사람이 되어 본사에 근무하던 K 상무이사와 교대 근무로 본사에 입성하여 30여 개 건축현장을 총괄 관리하는 업무를 수행 할 때, "퇴사한 직원이 사업 시작하여 협력업체로 참여하면 일정 기간은 타 업체와 같은 조건으로 우선권을 주자"고 회장께 건의 했었던 것은 현재 근무하는 직원에게 희망의 애사심을 고취시키고 동기 부여가 되어 업무 수행에 열정을 갖게 하기 위함의 창의성이었다.

수십 개 현장에 업무 능률과 효율을 높이려면 담당 임원으로써 소장들로부터 권위가 있어야 되기에 책임감과 믿음을 주는 신뢰성을 나 자신이 만들어야 하였기에 모든 소장들을 편애하고 편파적으로 이분법적 편 가름은 절대 금물이고 공정하고 공평하여 인화 단결되도록 하는 리더십이 제일 중요하며 편 가름으로 분열되면 모든 업무가 비능률 비효율 되어 나의 자업자득(自業自得)이 된다는 사실이다. 이 철학적 원칙은 현장소장 시절에도 중요시 하여 공과 사는 구별하려 했었다.

현장소장 시절 두 군데 현장에서 고교 후배가 건축 공사과장 직으로 있었는데 그들은 후배로써 사적인 기대감을 갖고 있다는 것을 느꼈으나 도리어 엄하게 하였는데 한 군데 현장에서는 중도에 퇴사하겠다며 많이 섭섭해 하더니 훗날 퇴사하였고, 한군데 현장에서는 기계설비, 전기설비 등 다른 과장들이 사적 관계를 선입견으로 보려는 경향을 타파하려 객관적이고 합리적으로 업무 처리하여 오해를 씻고 인정받기도 하였다.

사업체에도 친·인척이 있으면 직원들의 인화단결과 업무에 장점보다는 단점이 많아 필요악이라는 것이 경험치서 회자되고 있는 것이 사실이다.

이 모든 것은 사적 관계와 공적인 책임과 의무를 구별하지 못하는 폐습에서 기인되는 것인데, "서 있는 위치가 다르면 입장이 다르고, 입장이 다르면 관점이 다르고, 관점이 다르면 견해가 다르고, 견해가 다르면 평가도 다른 것"이라는 사실에서 원인을 찾으면 이해가 될 것이라 본다.

우리 국민은 예로부터 감나무에서 감을 따더라도 까치밥을 남기고 따는 훈훈하고 따뜻한 배려심이 많은 국민인데 산업화 시대로 오면서 "사촌이 땅을 사면 배 아파" 하는 심성이 팽배

해지고 있어 남이 잘 되는 것을 시기하고 질투하며 심지어 모함까지 하며 서로가 망가지는 경우도 있는데 참으로 못난 단견이고 바보 같은 것이라는 나의 견해는 살면서 많이 목도한 결론이다.

이러한 것에서 참고 할 사례를 말하려고 한다.

나는 직장 다니며 윗사람들에게 아부할 줄 몰라, 선물하는 것이 관행 같은 시절이었으나 하지 않아 불이익을 받은 적도 있었으나 결초보은(結草報恩)하는 정신에는 의무와 도리라는 마음을 갖고 있어 퇴사 후에 "20년간 근무하여 지금의 내가 있을 수 있는 초석이 됐다."는 감사함을 갖고 조 회장님께 가끔 찾아뵙곤 하였다.

퇴사하는 해가 조내벽 회장님 회갑이었는데, 금으로 만든 행운의 열쇠를 가지고 찾아 갔는데 사모님이 "공 이사는 근무할 때는 한 번도 오질 않더니 퇴사 후 찾아오는 것을 보니 좋은 성품이다."라며 칭찬하였던 경우도 있었고, 나의 부친 작고 시 조회장께서 조문을 다녀가셨기에 그해 가을 송이버섯을 가지고 찾아뵈었는데, 몇 배로 되갚는 것에 감사함을 표해 주셨기에 항상 뿌듯함과 감사한 분으로 간직하고 있다.

주변의 친구들과 지인들이 잘 되면 나에게도 도움 되는 것이고 최소한 자랑거리라도 되는 것인데, 옆의 사람이 잘 못되면 자신에게도 피해가 되는 것이고 좋을 것이 없더라는 나의 격물치지(格物致知)라는 것에는 "친구가 잘 되길 바라고 축하하면 자기도 잘된다."는 송무백열(松茂栢悅)이란 말을 믿을 수 있어 하는 말이고 "이런 마음을 가진 사람들이 모이면 잘 못될 사람도 잘 되는 환경과 분위기가 된다."는 마중지봉(麻中之蓬)이란 말을 서울 종친회장을 맡은 동안에도 건배사로 인용하였던 것이며 집사광익(集思廣益)이란 말은 "서로가 마음을 모으고 협력하면 이익이 커진다."는 것이니 모두가 서로 잘 되기를 바라고 기원하며 협력하여 모두가 잘되는 사회가 되었으면 하는 것이 나의 바람이다.

그런 면에서 경제라는 말은 돈을 벌기 위한 산업 활동을 총칭하는 범주로 통용되고 있으나 원어인 경세제민(經世濟民)의 뜻에 부합되도록 "세상을 잘 다스려서 국민을 구할 수 있게" 정치인들부터 경제를 정치 공학적이거나 이념으로 하지 말고, 경제 논리로만 다스려 명실공히 경제대국이 될 수 있도록 하여 모든 국민이 혼란스럽지 않고 편안하며 부유하여 행복한 나라가 되도록 할 것을 간곡히 희망하며 기대하는 이유는 근래에 선진 국가들은 "국가의 안보와 힘은 기업의 강력한 경쟁력이어야 한다."는 패러다임으로 급속히 변하는 현상을 직시하여

"기업 사랑이 국리민복(國利民福)이요 애국임"을 정치인 뿐 아니라 모든 국민이 자각하여야 한다고 본다.

그래야 경제에서 문화로 복지로 발전할 수 있어 인류에서 최상의 선진국이 될 수 있는 초석(楚石)이 될 것이고, "백성의 생활이 매우 즐겁고 화평함"으로 산다는 희희호호(熙熙皞皞)의 세상이 될 것이라는 바람에서다.

직장에서는 소신과 주관이 명확해야 소질과 재능을 인정받는다는 뜻에서 사례를 들려 한다.

이사로 본사 근무하며 매주 열리는 임원회의 참석할 때 있었던 일인데 회장께서 현장 자재(모래) 절약 방법을 지시하는 과정에서 공법을 잘 못 이해하고 건축담당 한 전무와 박 부사장께 억지 논리로 지시함에 순응하니, 나에게도 그렇게 이행할 것을 종용하는 것에 "저는 그렇게 알고 있지 않았기에 더 연구할 사항"이라며 소신 있게 주관을 피력하니 "전무와 부사장이 인정하는데 이사가 고집스럽다."며 야단치는데 토목담당 권 부사장이 공법을 설명하여 이해하는 공감대가 형성되어, 회장께서 "공이사의 소신은 좋은 것"이라는 인정을 받고 회의가 끝난 후 사무실로 와서 한 전무와 H대 동기 친구이며 박 부사장 후배이던 박이사가 "전무와 부사장에 망신 줬다"며 편 가름 하기에 "이사 승진 같이 했어도 나이 10여 년 이상 더 먹은 대우

했는데 앞으로는 않겠다."며 극하게 주먹질 직전까지 갈 정도로 다투었으나 훗날 서로 이해하고 전화위복 되어 친하게 지내고 박이사가 퇴직 후 미국으로 이민 간 후에도 소식 전하며 지내고 있다. 이 말의 결론은 매사 옳고 그름에 우선하여 성의정심(誠意正心)에 기반 한 업무를 해야지 무조건 복종하는 것은 애사심이 아니고 회사를 망치는 행위라는 사실에서 애사심에 기준하여 소신과 주관을 갖고 정의롭게 하는 것이 회사를 사랑하는 것이고 자기를 사랑하는 것으로 귀결된다는 말이다.

인생은 견디는 것이 아니고 누리는 것이다.
삶이란 만들어진 운명이 아니라 자신이 만들어 가는 것이고 풀어가는 숙제라는 말이다.

직장동료 김덕중 사장이 석재(石材)로 만들어다 준 좌우명 "무신불립"을 항상 감사히 보고 있다.

◇ 돈이란 행복에 필수이지 절대적이지 않다

인간이 살아가는 과정에서 물질거래하기 위한 통화 기준이
되는 것이 돈이란 것인데 "돈은 사람이 만든 것이지 돈이 사람
을 만들지 않았다."는 기본 개념이 중요하다고 본다.

앞에서 직업과 직장에 대한 나의 생각과 경험을 말했지만 이
러한 과정 모든 것이 돈을 벌기 위한 수단인 것인데 돈은 행복
하게 살기 위해 벌려는 목적물인 것이다.

그런데 돈이 행복에 필수적인 것은 틀림없으나 절대적으로
돈의 량이 행복의 크기와는 비례하지 않는다는 사실이다. 돈
의 양은 자신의 이상과 가치 실현에 필요할 정도까지의 돈은
행복과 비례하지만, 부족하거나 더 많으면 불행과 비례할 수
있다는 것이 돈의 가치성의 분기점이라는 보편적 기준을 경험
적 통계로 말하는 사람들이 많다는 것이다.

돈은 다다익선(多多益善)이라며 많을수록 좋다고 생각할 수

있으나 흘리는 땀으로 성취하며 얻어지는 부산물이라는 것으로 만족하고 살아야 행복감이 극대화 될 것인데, 돈에 만 목표를 두고 기승전 '돈'이 되면 도리어 얻어지지 않을 것이라는 명제가 돼야 돈의 가치성이 높아질 것이다. 그렇기에 권력자와 성직자가 돈까지 탐욕을 부리는 것은 패악이고 근본을 부정하는 것이라서 돈의 노예근성으로 돈의 가치가 상실 될 것이며 권력과 명예까지 당랑규선(螳螂窺蟬)이라고 남들에게 먹잇감 되고 말 것이다.

많은 사람들로부터 돈도 과유불급(過猶不及)이라 볼 수 있는 상황을 목도하고 있는 것에는 재벌이라는 사람들이 돈 때문에 형제와 가족 간에 갈등하고 반목하고 다투는 것을 보고 있기에 하는 말이고, 그런 과욕으로 불행을 자초하는 것에 내 표현으로는 "돈에 노예로 사는 것"이라서 돈을 왜 버는 것인지 모르는 우매함이라는 것이고 삶의 가치에 "꿈과 현실을 혼동한다."는 전도몽상(顚倒夢想)이라서 가난한 사람보다 못할 것이라 본다.

돈은 이상을 실현하는 수단에 불과하다는 것이다.

모든 생활을 돈에 노예가 되어 살면서 죄 지으며 범법자가 되어 "눈앞의 이윤만 쫓다가 뒤에서 오는 것에 먹잇감 된다."는 당랑규선(螳螂窺蟬) 되는 사람을 많이 목도하고 있기에 반면교사(反面教師)로 삼아야 한다. 심지어 요즘은 "물보다 피가 진하다."는 가족애가 무색하게 "피보다 돈이 진하다."는 말이 회자되고 있는 것에 비애를 느끼며 인면수심(人面獸心)이라는 "인간의 얼굴로 짐승 같은 짓을 한다."는 생각이 든다.

 돈이 많다는 것은 부유하다는 것이라서 눈과 입이 고급스럽게 살 수 있는 것이나 생각과 마음을 고급스럽게 하는 것에 절대적이지 않은 것이고 인격과 품격을 높여 자존감을 높이는 가치성은 자신의 노력으로 얻어지는 땀의 결과물로 자신 아닌 남들이 인정해 주는 삶의 가치에서 행복해지는 것이다.

 돈은 노동하면서 흘린 땀에서 얻어지는 것이 진정 가치 있는 것이지 무상으로 얻어지는 돈은 가치 없이 쉽게 낭비적으로 쓰여서 돈의 가치가 없다는 것이 보편적인 상식이 곧 진리다.
 그래서 돈은 버는 방법부터 정당하고 가치 있게 "땀으로 얻어지는 성취감"에서 부수적으로 따라오는 것이라는 개념을 가지면 더 많은 수입이 되고 가치성이 커진다는 정신이 중요하다. 땀의 가치를 높이려면 하는 일에 자존심을 갖고 누구 것보다 "좋은 품질과 작품을 만들겠다."는 사명감이 있어야 한다.
 그 결과물이 자신에게 이윤이 극대화 된다는 것이고 매사 돈에만 목적으로 하면 일에도 재미와 흥미가 없어 좋은 품질의 결과가 되지 않는다는 사실에는 마음과 정신에 투자라는 개념이 없기에 소비자로부터 외면 받게 된다는 것이다.

이것이 자업자득(自業自得)의 결과라는 것으로 본다.

삼성이 1995년 불량품 제로를 기치로 수백억 원어치에 해당되는 불량 제품을 불태웠던 것이 오늘날 글로벌 1등 기업이 되었다고 본다. 돈에만 중심 두는 사람은 매몰비용 아까워서 그러한 결단을 하지 못하였을 것이고 지금껏 2류로 남아있었을 것이다.

이러한 철학을 가져야 미래를 내다보는 혜안이 있고 기회를 선점하며 혁신적으로 앞서가는 기업가가 된다는 것으로 삼성고 이건희 회장에 경의하는 마음을 가질 수밖에 없다.

보잘 것 없는 사업을 하면서도 노심초사(勞心焦思)하고 고뇌하면서 직장생활을 그리워 할 때엔 그분의 업적을 높이 평가할 수밖에 없었다는 사실이다.

만사에는 일장일단이 있고 빛과 그림자가 있으며 높은 산에는 깊은 골도 있는 것이 당연한 이치라서 그분에게도 어두움이 있는 것은 사업보국으로 나라와 국민에 기여함이 더 크고 대단하기에 이해심으로 높게 평가되기를 희망한다.

일부 정치권에서 반 기업, 반 삼성을 정치공학적 수단으로 이용하려는 것에는 문제 있다 보기에 반감이 있다.

"죄는 미워해도 사람은 미워하지 말라."고 정치 보복 않고 덮고 간 DJ가 말했는데, 경영자의 실수를 삼성이란 회사까지 미워하며 제품까지도 미워함은 국익에 반하는 것이다.

그 많은 재산이 삼성 것이기 전에 국가의 것이라서, 국격을 높이고 국가 재정에 엄청난 기여와 사회적 약자는 물론 근로자에게 주는 혜택이 엄청나게 크다는 사실을 부정하고, 어두운 부분만 부각시켜 정치적 이득을 취하려는 의도가 더 크다고 본다.

사업주나 경영자가 불법을 했으면 그 자체는 죄의 대가를 치러야 됨에는 당연한 것이나 그것을 이유로 기업 자체를 부정하게 취급하고 죄악시 하며 반 기업 정서로 몰고 가는 것은 나라를 위하여 안 되는 것이고 국가적 대실이 된다는 생각이다.

결코 삼성을 편들어 하는 말이 아니고 그만한 기업이 많을수록 부귀한 국가와 국민의 행복지수가 높아지기에 기업 사랑하는 마음이 애국이란 말이다.

기업은 사업주 것이기 전에 나라의 재산이며 국력과 국격의 척도가 되기에 기업주와 기업체는 구분해야 된다는 말이며 나라의 주인은 모든 국민이라는 사실이다.

반 기업이라는 말은 정치공학적 구호일지 몰라도 실질적으로는 반 노동자, 반 일자리가 되므로 반 경제라는 말과도 같기에 해서는 알 될 말이다. 친 기업 정책이 진정한 친 노동자 경제 원리라는 사실에 충실해야 노동자와 기업이 동반 성장하고 발전하여 국가적 발전이 있음을 외면하지 말아야 한다.

　더한 문제는 정치인을 맹종·맹신하는 사람들이 이유 불문하고 부화뇌동(附和雷同)하며 반 기업에 동조하는 것을 보노라면 자존심 없는 사람들이라 본다. 기업의 투자는 의지의 산물이 아니고 기회의 산물이라서 투자 할 여건과 분위기를 만들어 투자 할 기회를 주는 것이 정부와 정치인들이 할 의무이고 애국정신이다.

　필자가 40여 년 전 30대 때, 이건희 회장의 선친이신 삼성 창업주 이병철 회장의 자서전을 읽었는데 아직도 생각나는 구절을 말하려 한다.

　"사업하는 첫째 목표가 사업 보국으로 국가와 국민에게 기여하는 애국자가 되어야 한다."는 것이고 "사람은 쓰기 전에 의심하되 일단 썼으면 믿어야하기에 입사 시험의 면접은 직접 보고 있다."는 내용과 "모든 기업에 투자는 기회 선점하는 혜안 있는 준비자세가 중요하다."는 것과 "직원은 철저하게 신상필벌(信賞必罰) 원칙으로 잘하면 상 주고 잘못하면 벌을 주어 인재 제일주의로 유능한 사람은 찾아가서라도 채용해야 한다."는 것과, "사람뿐만 아니라 만드는 제품에도 신뢰성이 무엇보다 제일 중요하니 신뢰를 잃으면 모든 사업이 끝"이라는 절규 같은 말이 나의 뇌리에 각인되어 있다.

나는 삼성 창업주 고 이병철 회장의 인재 제일주의로 그 시절 장자 우선하는 관행을 타파하고, 삼남(이건희)을 후계자로 선택한 혜안이 오늘날 세계적 기업이 될 수 있었다고 본다.

돈을 버는 것이 중요하다는 것은 누구나 알기에 피 땀 흘리며 벌려고 노력하는데, 정작 번 돈을 어떻게 관리하고 재테크하는 것에 대하여는 소홀한 면이 있어 보인다.

미래는 준비하는 자에게만 찾아오는 결과물이라서 항상 미래 지향적 삶이 노년기에 행복을 가져다준다. 즉, 젊은 시절에 수입금과 시간을 어떻게 관리했느냐가 은퇴 후 노년기 생활에 행과 불행이 좌우되는 결과물인 것이라서 자신의 젊은 날에 일시적 쾌락이나 사행성에 취하여 산다는 것은 불행을 자초하는 것이라서 자업자득(自業自得)이 된다.

살면서 기회는 뒷모습이 없어서 한 번 가면 그만이기 때문에 현재라는 시점에서 기회 포착을 잘 하는 선견지명과 혜안이 있어야 하며 젊은 날의 돈과 시간이 두 번 다시 오지 않는다는 것에 명심해야 한다.

이것이 미래 지향의 삶이다.

시간을 흘려보내지 말고 쌓아서 노하우가 되면 인생을 행복하게 살 수 있는 초석이 된다는 것이 연륜과 경륜의 가치다.

지구상 모든 사람에게 가장 공평하고 공정하게 주어지는 것이 시간뿐이란 사실에서 경쟁력 있게 살려면 주어진 시간을 어떻게 쓰고 관리하느냐로 천차만별로 구분 될 것이란 말이다.

이러한 개념에서 "운이란 없는 것이고 운도 자신이 만든다."는 개념에서 "열정과 책임감이 성취된다" 믿고 살았는데 전원주택 사업하며 운이란 것도 있다는 것을 알게 되었다.

사업 초기에 전원주택이란 시중에 인식이 부족하여 분양이 미진할 때, 삼풍백화점 붕괴 사고가 발생하고 나서 고층 건물에 대한 불안 심리가 전원주택 선호도로 전환되며 원활히 분양되는 것을 보고 운이란 것도 있구나! 했었다.

그렇지만 매사 운이란 것에 기대하는 행위는 자멸의 길을 택하는 것과 같기에 "운도 자신이 만든다."는 자세로 세상을 자성론으로 "자신의 책임"이란 사실을 잊어서는 안 된다. 목적성 성공은 자신의 책임이지 절대로 주어지는 것이 아님을 깨달아야 하기 때문이다.

그리고 "세상사에는 공짜가 없다."는 책임 의식이 자기 발전의 원동력이 된다.

필자는 평생을 누구에게도 무엇을 사달라는 요구는 금기사항으로 삼고 있다. 밥이라도 사준다 하면 사양하고 가급적이면 사주려는 것보다도 낮은 가격대의 것으로 먹겠다. 하는 원칙을 갖고 있으며 받으면 그 보다 조금이라도 더 보태어 갚아야 내 마음이 편한 것 이라는 데는 나의 자존감을 높이기 위한 수단이라서 그렇다.

그래서 내가 필요하여 신세질 일이 있거나 도움 받은 것에는 어떠한 경우라도 보답하고 갚으려는 자세로 살고 있는 것에 보람으로 되돌아오더라는 것이다.

그러한 근원은 "한 번 속는 것은 속이는 사람이 나쁜 것이고 두 번 속는 것은 속는 사람의 잘못"이라 했기에 먼저 도움 준 것에 갚음 없고 고마워하지 않으면 보람 없기에, 두 번은 도움 주거나 도와주지 않으려는 인지상정(人之常情)일 것이다.

그러나 내 전문직인 건축분야에 도움이나 필요로 하는 지인들에게는 어떠한 것도 바라지 않고 "지적 재산은 죽으면 없어질 것"이라서 도와주고 자문해 주고 있는 것에 고마워하고 인정받고 있어 보람으로 행복감을 갖고 있다.

그래서인지 사업을 하면서 직영공사 외에 외주공사는 지인들의 요구로 수주했지, 공사 달라고 수주활동 하지 않고도 많이 수주할 수 있었다.

이러한 베풂과 신뢰감을 쌓는 것과 결초보은(結草報恩)의 자세가 가치 있는 수익 창출과 발전의 근원이 된다.

돈을 버는 것도 중요하지만 뜻있고 의미 있고 보람되게 쓸 때, 돈의 가치성이 극대화 되어 보람으로 되돌아오더라는 것이다.

돈에 맞추어 일하면 직업이고 돈을 넘어 일하면 소명(召命)이다. 직업으로 일하면 월급을 받고 소명으로 일하면 선물을 받는다.

"모든 것은 나로부터 시작한다." 이 말은 백범 김구의 말이다.

기업은 산업보국 정신과 기여도 높은 ESG(환경 보호, 사회적 책임, 기업지배구조)기업 경영이 되어야 영구히 지속 가능한 기업이 될 수 있듯이 개인에게도 돈이 많다는 것이 중요하지 않고 가진 것에 비례하여 사회적 기여도 있을 때, 가치와 보람 있는 행복으로 되돌려 받는다는 것이다.

성경에서는 "돈을 사랑하는 것은 만악의 원인"이라 했으나 그것은 부자가 목적일 경우를 말하는 것이고 돈을 벌어서 사회적 약자와 함께 하려는 선한 목적일 경우에는 그렇지 않다는 생각이다.

필자는 중학생 시절에 인생의 거시 로드맵을 세웠던 것에 지금 생각하면 조숙한 면도 있었던 것 같다.

"35세까지 직장 다녀서 돈을 모으면 사업하여 많은 돈을 벌어서 이름 있는 장학재단 설립하겠다."는 목표로 절친과 약속 같은 말을 했었으나 그 꿈을 이루지 못할듯하여 보람 있는 삶으로 대리 만족하려는 것이다.

현재까지 주변 친구들이 행복 바이러스를 나에게 만들어 주었던 것에 감사한 마음을 이 책을 통하여 전하고 싶다. 결론부터 말하자면 나를 과분하게 칭찬하고 칭송(稱頌)해 주기도 하여 무한 감사함과 내가 타산지석(他山之石)으로 좋은 점과 잘하는 것을 배울 수 있고, 힘들고 어렵게 사는 모습에서 반면교사(反面敎師)로 학습하여 내 삶에 접목할 수 있어서, 항상 감사한 관계였던 것을 말하고자 한다.

제일 먼저 나와 고교시절에 같은 하숙방에서 동고동락(同苦同樂)하며 나 자신을 방어하기 위한 목적으로 호신술 합기도 운동을 함께 하며 부모님 댁에도 서로 왕래하면서 학창시절을 보냈으며, 친구가 도고 골프장 책임자로 근무할 때는 부킹이 별 따기만큼이나 힘든 시절(1990년 전후)인데도 많은 혜택을 나에게 베풀어 주며 VIP 대우 해주었던 것에 큰 감사함을 말하고 싶은 친구 최윤화 사장은 한마디로 젠틀맨이며 멋쟁이다. 잘생긴 외모에 매너 좋고 성품이 좋아 남에게 화내는 모습을 60

여 년 가까이 함께 한 세월에서 목도하질 못하였고, 해박한 백제 역사와 불교신자로서 불교인답게 인자하고, 겸손하고 검소한 성품의 소유자인데 나를 동기 친구들 앞에서 "자기가 고교시절부터 형같이 생각했고 지금도 인생의 선배같이 생각한다."며 언제나 나를 쑥스럽도록 칭송하기에 무안할 때도 있었으나 진심으로 하는 말이라서 감사한 마음에서 금란지교(金蘭之交)라는 "쇠와 같이 단단하고 란과 같이 향이 있는 관계"의 친구로 내 가슴에 담고 있다.

그런 친구에게도 인생에는 호사다마(好事多魔)라 했던지 친구의 부인이 20여 년 투병생활 하다가 60대 중반에 사별했는데, 부인에 대한 사랑이 어찌나 대단하던지 내 아내의 표현대로 하자면 "세상에 이런 일이"라는 프로에 나올법한 사람이라는 것이다.

아마도 부인에 대한 사랑과 그리움이 그토록 많은 것은 생전에 조모와 어머니 모시고 살며 효심이 지극하여 여러 단체로부터 효부상을 받을 정도였고, 투병 중에도 봉사활동에 전념하던 아내의 고운 성품에 무한한 감사와 사랑이 많았기에 남달리 귀감이 될 정도로 그리워하는 것 같다.

사별하는 날에는 나에게 "부인을 따라 가겠다."는 것을 설득하느라 내가 지칠 정도였는데, 마음을 바꿔먹고 남아주어 지속적인 우정과 사랑을 나눌 수 있도록 한 것이 고마워서 내가 눈물을 보였던 것은 친구 최윤화 사장에 깊은 감사함이었고, 천안건물 신축 시부터 함께 했던 친구 황규현 사장과 남봉희 사장의 호의로 중 교교 시절을 보냈던 고향이지만 고뇌할 때, 위로와 심적 도움을 받았던 계기로 "샤방"이란 애칭 명으로 여생을 함께 할 여건이 형성 된 것에 "고운 마음씨 친구들과 운명적 관계가 된 것을 감사"하고 있다.

귀하들 친구 세 명으로부터 즐거움과 행복감을 많이 받을 수 있어 고마움에서 "갚으려는 자세로 살겠다."고 다짐하련다.

지금에 와서 되돌아보면 최윤화 사장의 아내가 투병 생활함을 알고 내가 선물로 받았던 산삼을 내가 먹지 않고 "나는 건강하니 아내에게 주라."며 최윤화 사장에게 전했을 때, 내 아내도 흔쾌히 동의 해준 것이 고마웠고, 그랬던 것을 그나마 위안으로 삼고 있으며 친구가 부인에게 대하는 사랑을 보고서 타산지석(他山之石)으로 삼았기에 많은 감사함을 갖고 있다.

기쁨과 슬픔은 나누어야 커지고 작아진다는 것을 친구 최윤화 사장과의 관계에서 터득하였기에 학습으로 삼으련다.

또 다른 고교 동기로 합기도 운동을 같이 하며 친분을 갖고 있는 친구 H는 사회생활에서 순조롭지 못하게 살기에 취업을 알선해 주기도 하였으며 조그마한 건설회사에 다니다가 50대 초반에 갑자기 쓰러져 의식불명으로 병원에 입원하였을 때, 친구 부인께서 너무나 크게 낙담하고 있어 "차마 모른 척 하고 지나칠 수 없는 마음"이란 불인인지심(不忍人之心)이 들어 내 후배 노무사에게 내 비용을 들이며 부탁하여 평생 후유 장애자로 판정 받도록 하여 종신연금 받도록 도왔는데, 훗날에 그 친구는 인지 능력이 조금 부족할 정도로 회복되었던 것에 마냥 고마워하며 자주 만나지 못하니 연중에 몇 번씩 전화하여 "감사하다."는 마음을 전하면서 나에게 경어를 써 주려 하고 있으며, 친구 부인은 나를 "오라버니라 부르겠다." 했던 말의 참뜻을 알고 있으며 그 친구는 물질적으로 보답 못하는 것에 미안한 마음이 커서 "깊은 생각과 마음으로 나를 은인"이라며 마음을 전하려는 것에 내가 감사함을 갖고 있으며 현재까지도 인지능력이 약간은 부족한 모습에 측은지심(惻隱之心)으로 대할 수밖에 없는 것에 안타깝게 생각하며 "이러한 보람이 어디 또 있겠는가?" 하여 그 친구를 가끔은 만나서 식사 대접하며 내가 더 고마움을 갖고 있기에 내가 더 감사한 것이다.

그리고 나에게 커다란 감사함을 선사하는 초등학교 동기 죽마고우(竹馬故友) 친구를 자랑하고 싶다. 고향의 옆 마을 아산시 음봉면에서 "음봉양조장"이란 상호로 막걸리 사업하여 성공한 안연홍 사장과의 지난 사연을 말하려는 데는 많은 울림을 주기 때문이다.

필자가 친구의 둘째 아들 결혼식에서 주례를 볼 정도로 특별하게 생각해 주는 관계인데, 친구가 그 후에 뇌졸중으로 쓰러져서 병원에 입원하였다는 소식 듣고 즉시 달려가 만나보니 세상을 포기 할 듯 낙심하고 있기에 휠체어에 태워 밀고 다니며 의지력과 용기를 갖도록 책에서 읽은 의사들의 말과 내가 겪은 사례를 알려주어 스스로 자신과의 싸움에서 극복할 수 있도록 권유 했던 것이, 원래 의지력 강한 친구였기에 자신감 갖고 열심히 재활치료한 결과 완벽할 정도로 회복 된 훗날 동창들 모임에서 "노석 친구는 자신의 은인"이라며 항상 고마워하기에 내가 더 감사하고 고마운 마음으로 행복 바이러스를 많이 받고 있으며, 안연홍 사장은 재활한 후에 세 아들들과 함께 양조장 사업과 가정에 전화위복(轉禍爲福)되어 사업이 번창하고 가정이 다복하고 화목하여 행복하게 살며 귀감 되는 가정으로 사업을 영위하기 때문에 KBS의 "인간극장" "아침마당"과 MBC의 "우리 집에 연예인이 산다"와 SBS의 "부모님 와이드"에 출연하여 참되게 사는 모습이 방영되기도 하였다.

본인의 의지력으로 오늘의 건강이 있는 것을 "절망하고 있는 자신에게 의지력을 갖게 했다."는 이유만으로 은인이라 말하는 안연홍 친구로부터 참된 보람이 무엇인지 터득하였음에 감사하고 있다.

인간이 "하고자 하는 의지가 있으면 못 이룰 것이 없다."는 정신일도하사불성에 부합되는 친구라는 나의 생각이며 "명예는 업적과 봉사직에 대한 존칭이지만 인기나 명예보다 소중한 것이 감사의 대상이 되는 것"이라고 생각한다, 그래서 내가 감사할 사람들을 나열하고 있기도 한 것이다.

다음으로 초등학교 동창인 죽마고우 이종학 친구로부터 반면교사(反面敎師)할 것보다 타산지석(他山之石)으로 학습할 것이 많기에 말하려 한다. 사람의 진면목을 알려면 "그 사람의 친구와 주변 사람을 보라."했고 "제3자에게 대하는 태도"를 보면 알 수 있다는 것이다.

친구는 건축의 협력업체인 기계설비공사업을 열심히 잘 하고 있다가 원청업체가 잘못되어 부도나다보면 하도급 업체에서는 피할 수 없는 도미노 현상으로 연쇄적으로 피해 볼 수밖에 없는 운명에 처하여 큰 피해를 보고 사업을 접을 수밖에 없었던 피해의 당사자였다. 그런데도 주변 친구들과 지인들에게는 조그마한 피해도 주지 않고 사업을 접었다는 사실에 경의를 표하고 싶었다.

우리 사회에서는 잘못되면 지푸라기라도 잡고 싶은 심정으로 제일 가까운 사람에게 피해주는 경우가 다반사이고 보편적인 실상이라는 것에는 정에 약한 국민성으로 나도 IMF 때, 믿었던 K라는 친구로부터 많은 피해를 보았던 경험이 있어 터득한 격물치지(格物致知)다.

종학 친구는 그러한 기본 정신으로 살았기에 내가 무한 신뢰성을 갖게 되어 친구가 고뇌하고 낙담하고 있을 때, 제주도 여행에 동행할 것을 권유하여 함께 다녀왔었고, 내 사업 천안과 가락동에 책임자로 근무하도록 부탁하여 마음을 추스를 기회를 부여하였는데 나에게 보람을 주는 자세로 근무하였기에 내가 더 고마움을 받았다.

그것보다 더한 친구의 진면목은 주변 친구들이 인격 있고 좋은 친구들이 많고, 나보다도 더한 우정을 나누는 모습에서 "지나온 세월을 잘 살았다."는 증표이며, 동생들에게도 형답게 모범으로 살아 왔기에 동생들이 물질적으로 아끼지 않고 도우려는 모습에서 뿌린 씨앗에서 열매를 거두고 있다는 것이고 형제 간의 우애가 귀감이기도 하다.

종학 친구는 지혜롭고 현명한 사람이며 가치관이 높아서 현재의 생활이 경제적 가치 기준에는 부합되지 못하여 불편한 것 있겠으나, 행복감은 남부럽지 않게 살고 있기에 이러한 친구로부터 진정한 행복의 가치성을 배울 수 있다.

그래서 돈의 양이 행복의 기준이 아니라는 것이다.

요즈음에는 고향 마을에 계신 어머니를 상주하다시피 하면서 봉양하고, 어머니의 손자와 증손자까지 데리고 가서 찾아 뵙게 하면서 어머니께 즐거움을 드리고, 후배 의사가 있는 서울의 대학병원으로 모시고 다니며 건강관리 해 드리니 백수(白壽: 99세) 가까이 되신 어머니를 건강하시게 안갚음(부모에 은혜를 갚음)하는 모습에 그러지 못한 내 어머니께 죄송스럽기도 하고 부러우며 귀감 되는 효심에 경이롭기도 하다.

다음으로는 사우디아라비아 해외 현장에서 귀국한 후 1982년부터 여의도 주택은행 본점(현 국민은행 본점) 신축 현장소장 시절에 임시직으로 근무하던 여직원 K양은 조실부모하고 언니 집에서 얹혀 살며 상업고교를 졸업하고 건설현장에 근무하는 것임에도 착실하고 착한 성품이며, 상고 출신으로 실력도 있기에 주택은행에 특채로 입사할 수 있게 도와주었던 것에 결혼 후까지도 은인이라며 때가 되면 인사하고 했었기에 보람으로 담고 있으며, 주었던 마음보다 받았던 마음이 크기에 감사한 보람으로 기억하고 있다.

아마도 지금쯤은 다복한 가정을 이루고 있을 것이라 본다.

그리고 J라는 친구는 한때 건설업과 관광호텔 운영까지 하던 사람인데 사업에 실패하고 부친 집으로 들어가 살고 있기에 철

거 공사와 보수공사 등을 만들어 주며 운영 자금에 도움을 주기도 했었는데, 요즈음은 한 살 적은 것을 빙자하여 형님이란 호칭으로 대하여 주는 모습에서 안쓰럽고 감사함으로 보람을 받고 있다.

늦은 나이에도 만사에 감사할 줄 알고 열심히 살고 있는 모습을 보면 머지않은 날에 좋은 날이 올 것이라 믿고 있다.

나는 그 친구의 앞날이 밝고 희망 있는 날이 가급적 속히 오기를 오늘도 기도한다.

이 외에도 나에게 감사함을 주고 행복감을 선사한 사람들이 많이 있으나 권력과 경제적으로 사회적 지위가 높고 스펙이 좋은 사람은 글을 쓰고자 하는 콘셉트에 적합하지 않아 의식적으로 배제한 것을 혜량해 줄 것으로 믿고 기대하기로 한다.

이렇게 세상은 더불어 살아가는 것이라서 내가 할 수 있는 범위에서 조그마한 배려와 베풂에 몇 배로 고마워하며 은인이란 말까지 하는 친구들에게서 보람으로 행복감을 받았기에 친구들에 도리어 내가 감사하는 마음이 많고 크다는 것이다.

나는 내 주변의 지인들이 돈이 많은 것에는 관심 없고 "누구에 감사의 대상으로 살고 있는가?"에 관심이 많은 것은 내 인생을 보정하며 살려는 삶에 귀감으로 삼고자 해서다.

나는 항상 "물이귀기이천인(物以貴己而賤人)"이라는 말을 가슴에 담고 있다. "자신을 귀하게 여기어 남을 천하게 여기지 말라."는 말인데 누구나 존엄성과 인권은 같으나 살아가는 과정에서 천태만상(千態萬象)으로 살기에 누가 옳고 틀린 것이 아니고 서로가 다르게 사는 것이라서 주어진 자리와 장소와 위치가 다르고 역할이 다른 것으로 모두가 중요한 일을 하고 있기에 조화로움으로 인정하고 존중하며 서로 도우며 삶의 질을 높이도록 하는 것이 집사광익(集思廣益)이라 모두의 행복을 가져다 줄 것이라 본다.

이것이 송무백열(松茂栢悅)의 자세이기도 한 것이다.

행복하냐고 물으면 "네, 행복합니다." 할 것이다.

나의 작고 부족한 성의를 더 큰 마음으로 되받았던 것에 보람으로 살아온 삶이 행복이라는 것이다. 이것이 나의 돈에 관한 철학적 가치관이기도 하다.

인생사에 명불허득(名不虛得)이라고 "명예나 명성이 헛되이 얻을 수 있는 것이 아니라" 했듯이 돈도 "어떻게 벌어서 어떻게 쓰느냐"로 사람의 명예나 명성이 형성됨을 깨닫고 명심해야 행복한 돈의 가치가 될 것이라 본다.

그렇다고 나의 명예나 명성이 높지는 않기에 내 스스로가 살아온 삶에 만족하고 보람으로 간직하고 행복하게 생각한다는 뜻이다.

이 모든 것에는 "인생은 공수래공수거(空手來空手去)라는 것을 가슴과 머리에 담아야 가능한 것"이라 본다.

인생에서 재물은 자족할 줄 알아야 빈곤하지 않고 부유를 창출할 수 있으나 "세상에 왔을 때보다 훨씬 고귀하고 아름다운 영혼을 가지고 떠날 수 있도록 물질의 향연이 벌어지는 곳이 아니라 영혼을 수련하는 곳이어야 한다."는 것이고 그 과정에서 행복감으로 살아갈 수 있다는 것이다.

일상에서 흘린 땀의 결과는 보람 있을 것이며, 있어야 행복한 것이지만 혹여나 보람 없으면 성찰하고 보정하여 다음 기회에 더 많고 큰 보람으로 행복지향하면 된다.

세상 만사가 유불리보다 옳고 그름이 먼저여야 진정한 유불리가 되어 행복할 것이다.

2016년까지 거주하던 도시형 전원주택

보람 있는 삶의 행복

공노석 회고록

3
공부와 학습력과
철학 있는 삶이
행복 지향이다

◇ 세상은 아는 만큼 보인다

◇ 우리 전통 문화를 사랑해야 선진국 된다

◇ 철학 있는 삶이 행복 지향이다

3
공부와 학습력과
철학 있는 삶이
행복 지향이다

◇ 세상은 아는 만큼 보인다

"세상은 아는 만큼 보인다."는 사실에서 많이 보아야 지혜롭고 현명하게 살 수 있으므로 배워서 알려는 것이며 "보이는 만큼 아는 것"이라고 했듯이 살면서 보이지 않는 것이 너무 많아서 기회를 선점 못하는 경우가 많았기에 아는 것이 부족하다는 사실을 겸허한 자세로 세상을 많이 보고자 배움을 게을리 하지 않고 알려하는 것이 현명하게 살 수 있는 방법이고 행복하게 살수 있는 첩경이라 생각하기에 학습력을 높이도록 꾸준히 노력하고 "배움에는 부끄러움이 없다."는 불치하문(不恥下問)을 좌우명 같이 생각하고 선산 묘비에도 새겨 놓은 것은 후세들에게도 학문의 공부 뿐 아니라 학습을 게을리 하지 말고 철학으로 삼고 품위와 품격 있게 인격을 높여 살기를 바라서였다.

단, 많이 배워 똑똑해도 지혜롭고 현명하게 살지 못하면 모든 것이 허사이고 아니 배움과 다를 바 없다는 것이 논어에 있는 말이기도 한 것은 똑똑하고 말 잘하는 달변이라도 인성, 품성과 일치하지 않기에, 인간은 인성과 품성이 똑똑함보다 먼저라는 뜻이라 본다. 그래서 배움으로 아는 것을 실생활에서 효율적이고 능률적으로 사는 방법을 터득하고자 내가 살아보지 못한 1~20년 앞날을 유비무환(有備無患)하고자 살아본 대선배분들로부터 삶에 지혜를 전수받아 참작하는 미래지향적(未來指向的) 자세를 나는 갖고 있다. 노마지지(老馬之智)라고 "늙은 말의 지혜"라는 뜻에는 연륜과 경륜으로 얻어진 지혜가 많기에 짧은 시간에 선배로부터 듣고 배움을 전수 받는 것이 효율적이다.

이러함에도 요즈음 젊은 세대는 대선배들의 노마지지를 꼰대라며 폄훼하고 비하하는 것은 아집이 강한 사람일수록 그렇게 보이며 세상사 온고지신(溫故知新)이라서 "불치하문(不恥下問) 자세가 아니면 결코 자신의 앞날에 도움이 되지 않는다는 사실을 알아야 한다."고 말하고 싶다.

아집은 퇴행적이며 오만이고 교만인 것으로 알아야 발전한다.

그리고 세상은 교과서대로만 되지 않는다는 사실이다. "교과

서대로만 되지 않는다."는 것을 알 때쯤 되면 "꼰대"라며 선배들을 폄훼하는 말은 오만이란 것을 알 것이라 본다.

그때가 철 들기 시작하는 나이이기도 한 것이고…….

영국에서는 노인을 선배시민(Senior citizen)으로 공경하며 "노인 한 명이 사망하면 도서관 하나가 없어진 것"으로 간주하는 전통적 문화가 있다는 것에는 살면서 실사구시(實事求是)로 터득한 지혜를 중히 여기어 후세대에 효율과 생산성을 높이고자 함일 것이다. 노인이라 함은 7~90년 동안 살면서 수많은 실사구시 경험에서 얻어진 것이라서 몇 권의 책으로는 알 수 없는 내면의 지혜로움이 "책으로는 표현할 수 없는 것도 있다."는 사실이다. 물론 시대적 흐름에서 분별력으로 남에게서 좋은 점은 타산지석(他山之石)으로 배우고 잘못하는 것은 반면교사(反面敎師)로 학습하여 선별적으로 내 것으로 만드는 것은 자기 몫이다.

"지식을 얻으려면 공부하고 지혜를 얻으려면 관찰을 하라."는 근본은 온고지신(溫故知新)에 있다.

보정(補正)이란 말은 "부족한 부분을 보태어 바르게 하다."라는 뜻이다.

사람은 살아온 경험을 통해 가치를 판단하고 행동하는 것인데 노마지지(老馬之智)세대는 젊은이들에게서 새로운 학문과 학식을 타산지석으로 보정하여 지식을 찾고 젊은이들은 연륜과 경륜의 지혜를 보정하여 자기 것으로 만들어 앞날을 지혜롭게 하여 보람되게 살아야 현명한 것이지 세대 차이로만 치부하여 "꼰대네, 싸가지네" 하며 적대시 하는 것은 모두의 자아실현(自我實現)에 저해되어 퇴보하는 인생이 될 것이라 본다.

어떠한 방법과 수단이라도 배움에 목말라 하는 나의 학구열에는 나의 은사님들 중에 제일 존경하는 초등학교 6학년 담임 하셨던 양 영환 선생님의 참교육 덕분이라 생각한다.

농촌 산골마을에서 6·25전쟁 직전에 태어난 필자는 유아기 시절부터 이름의 앞 자인 "노"자를 따서 어른들이 "노대장"이란 별명으로 불렸던 것에는 많이 개구지게 놀았던 것 같다.

초등학교 5학년 때까지는 공부보다는 놀기를 좋아하고 손썰매와 방패연을 직접 만들어 놀기 좋아했던 나를, 6학년 되어 양영환 선생님 만나고 나서 공부에 재미를 느끼고 "할 수 있다."는 자신감을 얻고 열심히 공부하여 상위권에 진입하는 성적을 보여 선생님으로부터 칭찬을 받았던 기억이 있다.

선생님께서는 학생들을 개별 맞춤식으로 하교 후에도 호롱불 켜놓고 공부 가르칠 정도로 참 교육자셨으며, 나에게는 씨름을 개별지도 하시기도 하셨고 "공부는 해야 한다, 하면 된다."는 무언의 자신감을 심어 주시기도 하셨으며, 선생님은 남

다르게 수학(당시는 산수라 함)실력이 좋으셨기에 알기 쉽고 이해력 있게 가르치시어 많은 친구들이 중·고교까지 "수학이 재미있고 실력 있게 공부할 수 있는 영향을 받았다."는 말들을 지금도 하고 있다. 그래서인지 나도 수학을 제일 좋아하고 잘하는 과목이었고 그 영향이 사회생활에도 많은 도움 되고 있다. 선생님께서는 체육에도 실력이 많으신 분이라서 가을 운동회 때는 전교생에 곤봉 체조와 모든 것을 주관하셨다.

필자는 선생님 덕분으로 배움에 대한 학구열이 체제화 되어 지금껏 독서를 취미로 삼고 있다는 사실이다.

감사한 마음에 가끔은 찾아뵙고 동창 모임에도 모시기도 했는데, 2020년 5월 15일 스승의 날에는 절친들 이철구, 이종학과 같이 찾아뵙고 사모님과 함께 홍성 한우마을로 해서 예당호수공원 유원지를 다녀오기도 하였는데, 선생님은 언제나 그러셨듯이 제자인 우리를 대할 때도 하대하지 않으시고 우대하며, 따스하고 포근한 마음으로 무언의 교훈을 주시는 분이시다. 그러한 성품이시라서 아들, 딸, 손자, 손녀 등 21명의 자손들이 교직과 산업현장 등에서 모두가 유덕동천(惟德動天)의 보람으로 "다복하게 살 수 있게 하셨다." 보기에 나의 희망적 표상이기도 하다.

그해 가을에는 선생님내외분께서 직접 농사 지으신 농산물 참깨, 고춧가루, 마늘을 바리바리 싸서 보내주신 선물을 받았기에, 내 생에 최고의 선물로 인정하고 싶어서 선생님께 전화 드려 "선생님의 제자로 인정받는 것 같다."는 생각으로 무한 감사의 말씀을 드린다 했었다.

그해의 연세가 84세셨는데 연로하신 분께서 고향 농촌마을에서 교장 직으로 은퇴하신 후에 개신교 장로 생활하시며 농사 일을 하시기에 감사하지 않을 수 없는 최고의 선물이었다.

감사합니다!
선생님의 제자로써 부끄럽지 않게 살겠습니다.

필자는 실제 나이보다 호적에는 2년 늦게 되어 동급생에 비하여 조금은 성숙된 면도 있었을 것이다.

중학교는 집에서 10㎞ 거리를 걷거나 짐 싣는 자전거를 타고 다녔으며 자전거 타이어가 펑크나 직접 수리하면 어른들이 "자전거포는 다 망하겠다." 하며 대견해 했었다.

노대장이란 별명답게 초·중·고교를 항상 대장으로 인정받고 자신감이 앞섰으나 동급생이나 후배에는 힘자랑 하지 않았으며 무력으로 손찌검 질은 더욱 않았으나 자존심 강하게 선배들에게는 지지 않으려고 맞대응 하였기에 선배들이 많이 미워했을 것이다.

이러한 나에게도 중·고교 오택현 1년 선배는 엔지니어들에게는 고시 패스라는 "건축사"를 학부생도 쉽지 않은 것을 27세에 합격하여 일찍이 건축설계사무소를 개설하고 건설업까지 경영하면서 경제적으로 대성했으며, 나와는 60여 년 가까이 서로가 인격적으로 존중하며 친분을 쌓아온 관계인데, 강남에 빌딩 서너 개 갖고 있다 매도하고 70세 다 되어 미국시민권자인 아들 따라 이민 가서 뉴욕에 빌딩 구입해놓고 노년기를 양국으로 왕래하며 즐겁게 살고 있는 절친이 있다는 것이다.

이런 오 선배가 한 번은 귀국하여 "선물을 못 사왔다." 하면서 생각지 못할 거금을 주기에 사양하다가 강요에 못 이기고 받았는데 "주고 싶어서 의도적으로 선물평계를 댓을 것"이라는 데서 돈을 떠나서 생각해 주는 마음에 무한한 감사의 마음으로 "여생동안 더 깊고 두터운 선배로 대하며 사랑하려는 마음을 갖게 해 준 것"에 더 고맙고 감사한 마음을 갖고 살려 한다.

살아온 보람을 다시금 깨닫게 해준 오택현 선배에게 여생동안 강녕(康寧)과 행복을 기원합니다.

필자는 공군 221기로 대구 K2 비행장에서 군 복무 시에도 후배에게는 손찌검을 하지 않은 것은 "사회에서 남한테 약자이고 못난이들이나 주먹질 하는 것"이라 보았기에 "말만으로도 복종하는 군대에서 왜 주먹질을 하는가 말이다." 했다. 그런 나는 못난이 선배한테 몽둥이로 "일명, 빳다" 60여 대 맞고 기절한 적도 있었다. 그 선배는 잘 되질 못했다.

필자는 강자에는 무한 강하게 대응해도 약자에는 측은지심(惻隱之心)으로 대하는 원칙을 갖고 살아왔다.

선생님을 함께 찾아뵙고 있는 이종학 친구에 대하여는 앞면에서 타산지석 대상으로 말을 했으며 나와 중·고교시절 방학이면 늘 같이하며 여름철에는 물고기 잡아 매운탕 끓여 먹기도 했던 죽마고우 이철구 교장 출신에 대하여 말하고 싶은 것은 학구열에는 대표적 입지전적(立志傳的)의 인물이라는 데서 그렇다.

그야말로 가난을 벗 삼아 살던 집안에서 부모님의 도움 없이 상경하여 신문배달 등으로 중·고교를 다니고 고교 졸업 후 2년여를 돈 벌어 교대 나와서 강원도 산골 초등학교 교사로 시작하여, 여의도 초등학교 교장으로 퇴임하고, 교육학 박사학위도 취득한 걸 보면 학력과 학위 취득 의지력은 타의 추종을 불허하는 친구다. 부인도 교장 출신이고 아들은 고교 교사로 근무하는 걸 보면 "무에서 유를 창조한다."는 말이 있듯이 친구는 농민 가에서 교육자 집안을 창조한 사람이다.

나와 일생에서 가장 오랜 70여 년 세월을 함께 한, 미워도 미워할 수 없을 정도의 친구와는 "한마음회"를 결성하여, 언제나 부부 동반으로 다섯 가족이 40여 년 세월동안 희로애락을 나누고 있으며, 이 교장과는 같은 조상의 피가 섞여 있으며 자식들까지도 교류하고 만나고 있으니 이보다 더한 인연도 없으리라 보기 때문이다.

이런 친구를 보노라면 나의 학부과정을 거치지 못한 탓을 부모에 돌렸던 것에 부끄러움을 갖고 있기에 나는 직장 다니고 사업하며 "주경야독 하겠다."는 생각에서 두 대학교에서 경영학을 배웠던 것으로 위안삼고 독서를 취미로 하고 있는 것에 대리 만족한다.

양영환 선생님의 은덕으로 "할 수 있다, 하겠다."는 자신감과 의지로 중학교를 상위권으로 합격하여 중학시절에는 "5% 대 성적으로 모범생이었다." 할 수 있기에 3학년 때는 조회 등학교 행사에서 전교생을 지휘 통솔하는 대대장을 맡아서 전교생의 대장 노릇도 했었다. 그 시절에 나보다 상위권 친구들 조주호 사장과 이창석 사장, 서정기 전 교수와는 지금도 절친으로 지내고 있으며 그 중에도 최우등생 서정기 교수는 나와는 생일날도 음력 2월 19일로 같으며 입지전적의 인물이다.

시골 중학생이 서울사대부고로 입학하여 형님과 같이 자취하며 다녔고, 서울대학교와 동 대학원 불문학과를 장학금 받고 다녔으며, 프랑스 정부의 장학생 선발 시험에 합격하여 그로노블 대학에서 5년간 유학하여 문학박사 학위 받고 귀국하여 방송통신대 교수로 재직하며 EBS 교육 방송에서 "불시어"라는 프로그램 진행도 보았으며, 학장 보직을 거쳐 퇴임한 경이로운 친구이며 부인도 같은 코스의 불문학 박사로 상지대 교수로 재직한 부부 교수이며, 형님도 서울사대 출신으로 교사였기에 교육자 집안이다.

"친구 간에는 믿음이 있어야 한다."는 붕우유신(朋友有信)의 관계이어야 한다는 것인데 서정기 교수와는 그러한 마음이 있었기에 서 교수가 프랑스에서 귀국하여 "셋방을 얻어야 하는데 돈이 부족하다." 하여 30대 초반 여의도 국민은행 본점 신축현장 소장 때, 적은 금액이나마 협조하였던 것에 내가 더 감사한 마음을 가졌었다.

이유인즉 "나를 좋아하고 나를 신뢰하고 있기에 말했을 것이다." 하는 생각에 나도 무척이나 좋아하는 친구이기에 "적은 금액이라도 협조할 수 있다."는 것에 보람으로 생각했던 것 같다. 30여 년 훗날에 그 때의 나의 심정을 말했더니 "그렇게까지 사랑해 줬느냐?"며 많이 고마워했고, 은퇴 후 세계여행 다니며 직접 찍은 "새" 사진으로 만든 달력과 저서도 보내주어 잘 보고 잘 읽었는데 서 교수가 내 친구인 것이 자랑스럽고 꿈 많던 어린 시절을 반추하여 정성껏 써준 축사에 감사한 마음 가득하다.

필자는 중학시절에 인생 거시적 로드맵을 세울 정도로 조숙함도 있었으며, 러시아의 대문호인 시인 푸슈킨의 "삶"에 "삶이 그대를 속일지라도 슬퍼하거나 노하지 마라."를 즐겨 읊었으며 "하겠다, 할 수 있다, 하면 된다."와 일심(一心)이란 글을 습관적으로 낙서하는 것에 서 교수와 쌍벽을 이루며 같은 최우등생이었던 친구 최승화가 좋은 글 낙서 습관이라며 칭찬하였는데, 그 친구는 불행히도 40대 후반에 모 회사 상무이사로 근무하다 불행한 사건으로 하늘나라로 먼저 갔는데, 고교시절에 시집을 쓸 정도로 유능한 친구라서 참으로 보고 싶은 친구이다. "아주 유능하여 저승에서 필요로 했기에 그랬다."고 생각한다.

무척이나 가난한 집안에서 힘들게 자랐던 그 친구와 같이 학창시절과 청년시절에 나보다 더 어려운 여건에서도 공부에 불타는 열정을 가졌던 친구들이 많았기에 나 스스로 살아오는 과정에서 자성하며 배움에 목말라 했다. 그기에 사람은 "만나는 사람으로부터 영향 받아 자신의 앞날이 변할 수 있다."는 마중지봉(麻中之蓬)을 중히 여긴다.

가장 값진 절친들. 중학교 동창 조주호, 서정기, 최승화 세 친구와 고교생 된 기념으로 필자가 포옹하고 찍었다(보관된 사진에 1968. 3. 2 영원한 내 친구라고 쓰여 있다).

여기에서 배움에 대한 개념 정리를 하고자 한다.

앞의 두 친구와 같이 공부에 재능 있고 의지 있는 열정으로 배워서 배움 자체가 목적이 되어 후 세대에 전수하는 교육자로 교사와 교수를 직업으로 살아 왔기에 대단한 것이지만 교육자가 직업 아닌 타 업종을 직업으로 하는 사람은 "배움이 삶의 목적 아닌 수단이므로 많이 배우고 알아서 보이는 것에 지혜롭고 현명하게 살려 하는 자세가 중요하다."는 것이 명약관화(明若觀火)하다. 공부도 행복을 위한 수단으로 노동의 고급화와 수준 있는 노동으로 부가가치를 높여 인간답게 품위와 품격 있도록 살기 위한 것이다.

도산 안창호는 "똑똑함은 현명함의 수단"이라 말했다.

즉, 지식을 쌓고 실력을 쌓아 인격과 품격으로 자존감을 높이여 땀과 노동의 가치를 높이기 위해 공부하는 것이지 공부 자체가 목표일 수 없는데 공부 자체를 목표로만 오인하여 전도몽상(顚倒夢想)한다는 "꿈과 현실을 착각하는" 경우가 다반사라 함에는, 자식 사랑하는 마음에서 이것저것 목적 없이 가르치느라 헛되게 시간과 돈을 낭비하는 경우가 많다는 사실이다. 공부도 인격 수양 뿐 아니라 먹고 살기 위한 수단의 비중이 크기에 적성에 맞고 재능을 찾아 선택적 집중으로 교육 할 필요가 있다는 것이다.

즉, 동기부여 없는 공부는 성과가 있을 수 없어 시간과 비용의 낭비뿐이라는 말이다.

참고로 부동산학과 교수인 후배와 소주잔 기울이다 자성했던 일화를 말하고자 한다.

사회적 이슈인 정치에 관한 논의를 하다가 "박사 학위로 교수하며 그것도 모르냐?" 했더니 "부동산학 박사이고 교수이지 인간 자체가 박사이고 교수가 아니라"며 "박사 학위나 교수이면 인간 모든 것을 동일 선상으로 인정하는 편견도 문제지만 자신을 박사네, 교수네 하며 과대망상으로 교만하고 오만한 것이 더 문제"라며 겸손한 자세를 보이며 나를 쑥스럽게 말하기에 사랑하는 후배로 인정했다.

그래서 인간의 보편성과 합리성에 오류와 오판으로 예체능인등의 유명한 스타에도 모든 것을 좋게 보는 확증 편향성이 있어 오류와 오판을 하는데 직업으로 하는 행위와 그 사람의 인간성과 품격은 별개라는 사실을 착각하여 맹신하는 것이 문제인 것이다.

여기에서 통칭 밥상머리 교육을 말하려 한다.

우리 세대는 부모와 같은 시간에 같은 장소에서 식사하는 문화가 있어서 그 시간에 부모로부터 살아가는 방법과 윤리와 도덕과 예의범절 같은 것을 자연스럽게 배울 수 있었으나, 현 시대는 그럴 수 없는 환경으로 변하여 특별한 시간이나 의도적으로 시간을 만들어야만 하기에 자연스럽지 않고 어색한 것도 사실이며, 젊은 세대들이 보편적으로 부모보다 더 배울 수 있었던 특혜가 있기에 전문적 학문에는 앞설 수 있어 대화에 한계가 있을 수 있는 것도 사실이다. 그렇다 해도 60세가 넘어야 정신적 성장과 인간적 성숙이 익어가는 것을 살아보지 않은 젊은 세대가 알 수 없기에 보정(補正)하도록 알려주려 하며, 연륜에서 오는 경륜은 부모를 넘볼 수 없는 영역이라서 삶의 지혜는 부모세대가 우월한 것을 부정할 수 없다는 것을 인식시켜야 노마지지(老馬之智)로 받아들여 선진적으로 살 것이다.

그것을 망각하고 자식들이 듣기 싫어 꼰대라 폄훼하니 나 편하자고 밥상머리 교육 않는 것은 무책임이고 자식을 가슴으로 사랑하지 않고 머리로 사랑하는 것이라 본다.

나는 이것을 우리 부모 세대들이 편안함에 안주하는 이기심 때문에 젊은이들이 예의범절도 모르고 지혜롭지 못하여 속된 말로 "싸가지 없다."는 흉을 받고 흉을 보는 것은 부모세대의 책임이라 보기에 내 자식들에게는 꾸준히 그때그때 보이는 것과 미래 지향적으로 살아가는 데 필요한 정보를 계속하여 가족 카톡방에 전하고 있으며, 글로 표현할 수 없거나 선택적으로 필요할 때는 조용한 곳에서 소주잔 나누면서 밥상머리 교육하는 것에 "감사하다."며 받아주는 자식들에 고맙게 생각한다.

관심이 사랑이라고 이러한 관심이 부자유친(父子有親)이고 서로가 사랑하는 관계라는 것이다. 여기서 부모로써 현명해야 할 것은 자식들이 듣고서 행하려는 선택적 분별력은 자식들의 몫으로 인정해 주어야 하는 것이고 강요하지 말아야 된다는 것이다.

즉, 사랑 있는 정의가 옳고 바르게 발전할 것이고 안일함으로 정의 없는 사람은 왜곡된 길로 방치하는 것이라서 지혜롭고 현명하여 아름다운 행복으로 살도록 하려면 관심으로 사랑 있는 정의로 가르쳐야 한다는 것이다.

"좋은 약은 입에 쓰다."는 말은 진리라서 듣기 싫은 말을 귀담아 들으려 하는 것이 지혜로운 자기 사랑인 것을 자식들은 알아야 하고 부모들은 입에 쓴 약을 많이 주어야 한다.

물론 나도 많이 부족하기에 노력하고 있다는 사실이다.

요즈음 세대를 보면 나 같은 생각을 꼰대근성이라 치부하는 사람도 있겠으나 부모 자식 관계는 영구불변의 관계라서 부성애와 모성애를 꼰대 근성이라 하지는 못할 것이다.

"90대 부모가 70대 자식에게 차 조심하라."는 부성애와 모성애를 꼰대근성이라 하면 불효자라는 것이 인지상정(人之常情)이기에 말이다. 그러기에 남에게는 관심을 갖고 말할 이유가 없고 않는 것이 나를 지키는 것이라 생각한다.

듣기 싫어해도 자식들이 살면서 겪어보면 부모가 했던 말에 "아버지 보다 나음"이란 승어부(勝於父)가 되기를 바라고, 옳고 바르게 남에게 귀감 되기를 바라고 했던 말이라서 고마워 할 때가 온다는 것을 내가 살아온 세월에서 알기에 하는 말이다.

그러나 요즘 젊은 세대는 극한 이기심까지도 개인주의로 착각하여 옳고 그름 없이 유·불리만 계산하는 행태를 세대 차이와 연대 차이에 대한 현실주의로 당연시 하는 세태가 많은데 참으로 지혜롭지 못하고 현명하지 못하여 보람 없는 삶으로 귀결 될 것 같은 걱정이 있다.

근래에는 정치 행태도 옳고 그름 없이 편 갈라서 유·불리만으로 퇴행하고 있으니 젊은 세대가 학습하는 행태를 탓하기도 그렇지만 정치는 역사에서 매혹한 평가로 사필귀정(事必歸正) 될 것이다.

만세사표(萬世師表)인 공자의 호학(好學)이 "나는 아무것도 모른다. 무지하여 무엇이 진리인지 탐구한다." 했고 "배우는 사람이 행복하고 배움과 꿈을 버리는 순간 늙는다." 했듯이 배움이란 끝이 없고 아무리 많이 알고 똑똑해도 만물과 인류사회에서 자신이 아는 것은 한 점에 불과할 정도로 미미한 것이기에 겸손해야지 교만하고 오만하여 아집스러운 것은 금물인 것이다.

아집이 강한 사람은 말을 잘 할 수 없다.

말이란 소통으로 자기 뜻을 전달하여 상대를 설득시키는 것인데 아집이 강한 사람은 상대방 말을 듣지 않으려 하며 자기주장만 강하게 하는 경향이 강하여 상대를 이해시키려면 상대의 말을 듣고 설득하려는 자세가 우선인 것을 자기주장만을 하여 설

득되지 않으므로 말을 잘 할 수 없고 주장이고 고집인 것이다.

자기가 아는 것을 남이 모르면 사람 자체를 무조건 무식한 것으로 치부하는 확증 편향성은 아집인 것이라서 자성할 필요가 있다. 세상사는 "옛것으로부터 혁신과 창의성으로 발전하는" 온고지신(溫故知新)이란 것이다.

세상만사에서 살아가는 상식과 도리와 윤리와 도덕도 옛것으로부터 변화하기에 옛것이라는 이유와 노년세대라서 고루하고 퇴보 할 몹쓸 것으로만 치부하는 것은 발전할 근원을 부정하는 것이라서 성장 발전은 요원할 것이다.

학력이 좋고 학식이 많다는 것은 머리에 담은 것이 많다는 것이나, 가슴에 담지 않고 똑똑함은 객관적이고 합리적이지 않아 진솔하지 않고 견강부회(牽强附會)하며 자기 합리화로 궤변과 위선과 기망스런 말의 재주라서 아니 배움만도 못한 것이다.

달변가에는 정직하지 않아도 100m 미인으로 착각할 수 있으나, 옳고 바르게 진솔한 사람이 신뢰성을 쌓을 수 있기에 눈앞에 미인으로 인정받을 수 있다는 것이다.

보통은 달변가를 "말 잘 한다." 하는데 말은 사실과 진실한 객관성과 합리적인 논리가 말 잘 하는 것이라서 상대의 말을 열심히 듣고 이해하는 것이 먼저여야 말 잘 할 수 있고 한 말에 책임감 있을 때에 신뢰까지 얻을 수 있다는 것이다.

살면서 터득한 것인데 머리 좋고 똑똑한 사람은 내가 배울 것은 있어도 나에게 도움 되는 것이 없을 수 있고 피해만 받는 경우가 많다는 것이다. 나에게 도움 되는 사람은 똑똑함이 아니고 배움이 부족하더라도 진솔하고 정의롭고 신뢰할 수 있는 사람이더라는 것이다. 똑똑하다는 것은 오르지 그 사람의 영역이란 말이다.

몇몇 정치인들을 보면 반면교사(反面教師) 할 수 있다고 본다. 말의 달변으로 입장에 따라 표리부동(表裏不同) 하고 가식으로 했던 미사여구(美辭麗句)로 내로남불, 한자어로는 아시타비(我是他非) 하며 국민을 속이는 말에 부화뇌동(附和雷同) 하고 현혹되어 속지만, 세월이 지나면 진실이 밝혀져 그 사람은 자승자박(自繩自縛) 되어 정치 생명에 치명상 되고 그렇게 파렴치한 정치인에 맹신했던 사람은 속은 것에 분개하며 후회하고 자기발등 찍어 자기 손해가 되더라는 것이다.
세상은 보이는 만큼 아는 것이라는 사실이다.

빌게이츠(MS 창업자, 하버드대 중퇴) 말에 의하면 "자신을 키운 것은 도서관이었고, 하버드대학 졸업장보다도 소중한 것은 독서습관"이라 했듯이 학력과 학위보다 소중한 것은 많이 알려하는 것과 배우려는 자세로 실력을 쌓는 것이지 졸업장이 아니라는 것이다. 스펙이 인생 자체를 보장하지 않고 인생사에 방편(方便)일 뿐이므로 자만하고 오만하지 않게 실력을 쌓도록 독서와 정보 수집에 열중해야 한다. 우리 사회의 폐해가 명문대 나오면 그 스펙으로 평생의 자산으로 인정하고 인정받는 관행이 있어 명문대 입학하는 것에 올인 하는 단편적 악습이 있어서 사회적 매몰비용이 많다는 것이다.

앞으로는 누구나 대학 졸업장 있기에, 학습력으로 사회적 실력을 쌓지 않고 스펙만 중시하는 사대사상은 사회 발전과 선진화에 저해 될 것이고 치열한 경쟁에서 패자가 될 것이다.

태어나서 20여 년을 머리 좋고 공부 열심히 하여 명문대 간 자체는 높이 평가하고 인정할 일이지만, 그보다 더 중요한 것은 대학에서 얼마나 공부했느냐와 수십 년 사회생활하며 실사구시(實事求是)로 얼마나 배우고 알려하여 실력을 쌓았냐가 중요하다는 것이고, 학습력이 진짜 실력으로 성공의 좌표가 되는 것이며, 이러한 환경과 문화가 선진국 되는 초석이 된다는 말이다.

스펙이 좋다는 것은 공부하여 머리에 담은 것이 많다는 증표라서 삶에 계산은 능할 것이나 가슴으로 내려 받지 않아 정의롭지 않은 스펙은 만사가 무용지물(無用之物)이라는 것이 내가 살아오며 목도한 격물치지(格物致知)인 것이 확실하기에 스펙에만 자만하는 것은 과대망상(誇大妄想)일 수 있어 자멸한다는 것이다.

세상은 교과서와 수학 공식 만으로 살 수 없기에 스펙에 자만하고 오만하지 말고 잠재력에 학습력(지식을 배우고 익히는 능력)으로 창의성 있게 경쟁력을 키워야 세상을 선도하고 지배할 수 있다는 사실이다.

보람 있는 삶의 행복

◇ 우리 전통 문화를 사랑해야 선진국 된다

우리의 말과 글이 문화의 뿌리요 근본이라는 것에서 우리의 말과 글을 사랑하고 아끼며 고유의 언어를 가진 것에 자부심 갖고 자랑스러워 할 필요가 절대적이라 본다. "가장 한국적인 것이 가장 세계적"이라는 것에서도 우리의 말과 글을 사랑해야 되지만 문화 선진국이 되기 위하여 더욱이 사랑해야 한다.

자기나라 말과 글이 없어 타국 것을 모국어로 쓰는 나라가 진정한 선진국 될 수기 없다고 본다.

명실공히 세계 최고의 선진국인 영국의 언어학자 제프리 샘슨이 "한글 창제를 문화혁명에 비유하고 세계에서 가장 우수한 음소문자"라고 평가하고 칭송(稱頌)했다는 데에서도 자부심과 자신감으로 사랑하며 글로벌화 해야 명실상부한 선진국이 된다는 나의 생각이다.

인류에서 가장 과학적인 한글이 디지털 시대에 가장 적합한

문자로 인정받고 있다는 것은 이웃나라 일본어와 중국어보다도 가장 우수하고 효율적으로 활용되고 실용되고 있다는 데서 알 수 있다.

이것이 세종대왕의 한글창제 은덕임을 재차 논할 필요 없이 사랑스러워 해야 시너지 효과도 있을 것이고 글로벌 시대에 선진국으로 인정받아 선망의 국가가 될 것이다.

선진국이란 경제뿐 아니라 문화까지 선진화 돼야하기에 문화의 뿌리인 말과 글을 필두로 대중문화인 K트롯, K팝, K드라마, K스포츠, 국악까지 모든 문화에서 앞서가도록 창의성 있게 상호 시너지 효과 있도록 국민의 사랑이 있어야 팬덤이 형성되어 선망의 나라가 될 것이다.

그러려면 말과 글을 가급적 순화되고 표준어로 착하고 예쁜 말로 하려는 노력이 필수이기 전에 절대적이며 자신의 품위와 품격을 높이기 위해서도 그렇고, 그래야 우리문화 발전의 초석(礎石)이 된다는 것을 명심해야 된다는 생각이다.

그런 면에서 우리보다 선진국 것에 의식 없이 사대주의(事大主義)로 명품이다 뭐다 하며 맹목적으로 선호하고 외국어 하는 것을 자랑스러워하는 소아의식을 타파하고 우리말 옳게 하지 못하는 것 부끄러워하며 우리 것에 자존심 갖고 그런 나라를 극복하려는 선의의 경쟁이 중요하다고 본다. 자랑거리 보다는 부끄러움 없는 인생이 자랑이고 인격인 것이다.

이런 말을 할 수 있는 나라로 성장한 대한민국을 사랑하기에 여생에서 선도적 선진국 된 모습을 보고 지금보다 더한 격세지감(隔世之感)을 보고파서 주창하고 있는 것이다.

사대사상으로 외국어 잘 하는 것을 자랑하며, 우리말과 글을 잘못 쓰는 것을 부끄러운 줄 모르는 것이 더 큰 문제다.

한번은 외국인이 "한국 사람이 한국말을 정확히 쓰지 못하는 사람이 많더라." 하는 소리 듣고 참으로 부끄러워했다.

우리말에는 일반어와 존칭어로 구분되어 있는데 혼동하여 잘못 쓰는 경우가 많다는 것에는 존칭어 쓴다는 것이 물건에 붙이고 자기에게 존칭어 쓰는 경우가 다반사라는 사실에 문제가 많고, 비속어에 육두문자를 습관적으로 쓰는 경우가 너무나 많은데 그 말이 자기 얼굴에 침 뱉는 줄 모르는 게 제일 문제라 본다. 말에는 "아" 다르고 "어" 다르다는 말에서 정확히 구분하고 선별하여 쓰려는 노력이 참으로 중요하다.

필자도 이러한 문제점을 개선하여 자존감을 높이고자 라디오에서 "우리말 바로 알기"에 귀 기울여 듣고 TV에서 "우리말 겨루기" 등을 열심히 보면서 스피치에 관한 책 읽으며 배우려 많은 노력을 하고 있는데, "띄어쓰기와 맞춤법을 잘못 쓰는 경우가 학창시절 배운 문법이 바뀐 것에 익숙하지 못하여 실수가 많다.”는 자성과 완전히 “옳고 바르게 쓰고 말하기가 참으로 쉽지 않다.”는 사실에서 꾸준히 공부를 많이 하려는 노력을 하고 있는 것에는 나의 자존감을 높이고자 함이다.

말과 글은 소통의 수단이라서 자신이 먼저 올바르게 써야 상대가 “올바르게 알아들을 수 있는 토대가 형성된다.”는 책임의식이 있어야 모두가 옳고 바르게 쓰도록 되는 환경이 조성되어 좋은 결실로 문화 발전의 토양이 형성되면 선진국으로 도약할 것이라 본다.

말을 잘못한 사람이 “말한 대로 받아들인 사람에게” 자기 잘못 모르고 상대에게 원망하는 경우와 옳게 말한 사람에게 “자신이 잘 못 알아 들인 것 모르고” 말한 사람을 원망하는 경우로 “오해의 씨앗이 되는 경우도 많다.”는 사실이다. 거기에 잘못 말하는 것 지적하면 “알아서 들으면 되지 않느냐”며 책임 전가하면서 무책임하게 생각하고 옳지 않고 잘못 쓰는 말에 책임의식 없는 것이 문제이고 문화 발전에 저해 요소가 된다는 사실이다.

소크라테스가 “성찰하지 않는 삶은 살 가치가 없다.”고 했다.

사람은 살아가며 "성찰(省察)하는 과정으로 성숙(成熟)되고 자
존감이 높아지며 귀감 되는 인생이 된다."는 것은 인간은 원래
미숙함과 미완성에서 시작하여 성찰과 반성으로 성숙되는 과정
으로 완숙(完熟)되려는 것이므로, 스스로 깊이 성찰로 고백하건
데 나는 물질적 손해는 감수하며 측은지심(惻隱之心)으로 양보함
을 갖지만, 인격적으로 모욕감을 받는 것에는 이성적(理性的)으
로 억제하다가도 가끔은 그러지 못하는 천성적 성격으로 실수
하고 나면 성찰과 반성과 뉘우침을 갖고 후회하며 성숙되려 노
력하는 과정으로 살아가고 있으니 완숙될 때가 올 것이라 본다.

　"과이불개(過而不改)"라는 말이 있다. "잘못한 것을 잘못인 줄
모르고 고치지 않는 것이 더 잘못이다."라는 말이기에 항상 자
신의 잘못을 반성하는 자세에서 발전을 도모할 수 있기에 일일
삼성(一日三省)이라고 "하루에 세 번은 자신이 한 일과 말에 반
성하는 습관이 자신에 발전이 있다."는 것이다.

　자존을 지켜야 자존감이 높아진다.
　높은 자존감(自尊感)없는 자존심(自尊心)은 오기와 객기 부리는
것이 되므로 자존감을 높이려면 자존(自尊)을 지켜야 되기에 윤
리와 도덕을 지키고 품위와 품격을 높이도록 하며 사회적 규
범과 규칙을 지키어 귀감 되게 살려는 것이 자존을 지키는 것

이므로 매사를 성의정심(誠意正心)으로 유·불리 보다 먼저 옳고 바르게 살아가려는 것이 진정한 자존심이라는 것이다.

흔히들 화려한 달변가를 "똑똑하다" 하는데 학식을 머리에만 담아 달변가라 해도 가슴(마음)에 담은 게 없어 자존을 지키려 하지 않고 진실하지 않아 위선적이고 표리부동하며 내로남불 하면 똑똑한 게 아니며 말도 잘하는 게 아니므로 신뢰를 잃게 되어 자존감이 떨어지므로 미래가 없는 사람으로 전락할 것이다.

사대주의 버리고 우리 것을 지키고 사랑하여 글로벌화 하려는 것이 자존심이고 그로 하여금 세계화되면 국격이 높아지는 것으로 자존감이 높아지는 것이라 선진국이 된다는 생각이다.

여기에 더하여 "남에게 폭력이나 폭언은 독서의 빈곤에서 유발되어 정신적 빈곤이다."라는 것이다. 독서는 마음의 양식이라서 정신적 부유로 이해와 양보의 폭이 커지기에 독서의 생활화를 권유하고자 한다. 이것이 선진국으로 가는 첩경이다.

◇ 철학 있는 삶이 행복 지향이다

인생을 살아가면서 자신의 가치성을 높여 자존감을 향상시키려면 살아가는 방법에 원칙과 철칙이 있어야 효과적이고 효율적이며 능동적으로 살 수 있다는 데서 자신만의 철학이 있어야 한다.

일상생활에서 하루에도 수없이 많은 선택으로 결정하는 과정에서 성패까지 가는 중요한 순간들이 있기에 철학이 있으면 그 기준에 준하여 망설이지 않는 선택으로 주저하지 않고 결정할 수 있어서 실수와 실패하지 않는다는 것이다.

그런 면에서 나는 인생철학과 생활철학으로 선별하고 있다.

인생철학으로는

1. 무신불립(無信不立)

선산에 있는 인생철학

2. 성의정심(誠意正心)

3. 불치하문(不恥下問)

생활철학으로는

1. 미래지향(未來指向)

2. 유비무환(有備無患)

3. 소탐대실(小貪大失)

위에서 열거한 철학을 가슴에 담고 있어 선산 봉안묘에도 써 놓고 모든 가족과 후세들이 볼 수 있도록 하고 있으며, 그 중

선산에 있는 생활철학과 기도문

내가 제일 중요시하는 무신불립(無信不立)을 "앉은자리 오른편에 놓고 본다."는 좌우명(座右銘)으로 삼고 있어 집의 서재와 침실에도 걸어놓고 항상 보고 있다.

이러한 철학에는 자아 정체성을 지키기 위함이라 나 자신을 위하는 행위라는 것에서 "남에게 피해주지 않겠다."는 선제적 조건을 필수적으로 지켜야 철학의 가치가 있고 진정한 자기 사랑이 되어 행복으로 귀결된다는 것이다.

여기에 부차적으로 "세상에는 공짜가 없다."는 기본 개념이 있어야 남에게 피해주지 않고 "받은 것에는 더하여 갚겠다."는 자세가 있어야 신뢰까지 쌓는다.

그러함에 우선하여 좌우명으로 삼고 있는 무신불립은 "신뢰가 없으면 세상을 살 수 없다."라는 것이라서 나의 신뢰성을 쌓기 위해 "책임 못 질 말은 하지 않고, 한 말에는 책임진다."는 기본 철칙이 있다. 그래서 사소한 약속이라도 필히 지키기 위해 협의할 때 심사숙고하고, 결정한 것은 메모하는 습관으로 수첩과 스마트폰에 기록하고, 매일 넘겨보는 책상 위 일력에도 기록하고 확인하는 습관을 젊은 시절부터 50여 년을 현재까지 갖고 생활화 하고 있다. 신뢰는 상대나 누가 주는 게 아니고 자신의 믿음(信)을 의뢰(賴)하는 것이라서 자신이 만든다는 말이다.

거짓말은 진실을 이길 수 없는 것이라서 거짓말에 잠시는 속지만 결국에는 진실이 밝혀지기에 절대로 거짓말을 해서는 안 되고, 진솔한 사람이 아름답고 신뢰성 쌓는 첩경이다. 그리고 한 번의 거짓말 때문에 나중의 진실까지 거짓으로 치부될 가능성이 많기에 더욱이 그렇다.

동물이나 어류와 조류도 사람이 믿음 주면 신뢰하고 접근하여 같이 놀아 주더라는 것이다.

30대 후반에 하와이에 여행 갔을 때 "하마우메베이"라는 해수욕장을 갔었는데, 물고기들이 사람들과 같이 노는 것 보고서 먼저 다녀간 사람들이 "해치지 않고 놀아주는 믿음을 주었기에 그럴 것"이라는 사실에서 신뢰성을 쌓는 방법이 믿음을 주는 것이라는 참뜻을 가슴에 담고 살아왔다.

"한 번 속는 것은 속이는 사람이 나쁘고, 두 번 속는 것은 속은 사람이 잘못 한 것"이라는 데서 두 번은 속지 않으려는 것은 "누구나 그렇다."는 인지상정(人之常情)이다. 속지 않으려는 것은 정당한 것이고 자기 보호 본능이고 지혜로운 것이다.

필자는 물질적 피해는 측은지심(惻隱之心)으로 치부하고 양보할 수 있어도 "모욕과 모독하는 것은 인권과 인격을 공격하는 것이라서 양보할 수 없고 최소한 정당방위(正當防衛) 한다."는 생각을 가지고, 나에는 생활철학의 기준과 원칙이 있다.

남이 나에게 피해주거나 약속을 어기면 상황 분석을 하여 "실수는 누구나 할 수 있다."는 데서 관대하게 대하고 있으나 "고의성으로 피해 받았다."고 보이면 "정당방위 한다."는 것이고 "고의로 약속을 어겼다." 보이면 "불신한다."는 기준으로 대하고 있다.

어느 철학자의 말을 인용하면 "사람의 진심을 알려면 입을 보지 말고 발을 보라." 했다. 즉, "말이 아니라 행동을 보면 알 수 있다."는 데서 평가하면 실수인지 고의인지 판단할 근거가 된다는 말이다.

이것이 나 자신을 보호하고 지키려면 필수적이라는 것이다. "부당한 피해는 안 받고 정의로운 사람에는 배려하고 베풂으로 유덕동천(惟德動天) 하겠다."는 자세로 살겠다는 것이다.

공자는 현실적인 평화주의자다.

그러나 "군자는 싸우지 않을지언정 싸우면 반드시 이겨야 한다.(군자유불전 전즉필승: 君子有不戰 戰則必勝) 준비를 하면 걱정 없다.(유비무환: 有備無患)"고 말했다. "공격적인 전쟁은 하지 않지만, 방어적인 전쟁은 유비무환의 정신으로 준비해야 한다." 했기에 나에도 그런 원칙을 가졌던 것이다.

인생철학의 두 번째로 삼고 있는 성의정심(誠意正心)에는 나 자신이 먼저 "뜻을 진실 되게 하여 마음을 바르게 정해야" 모든 일에서 위선적이거나 표리부동(表裏不同)하지 않게 주관과 소신을 가질 수 있어 만사가 성취적이고 정의로움으로 귀착된다는 생각이다.

세 번째의 불치하문(不恥下問)에 대하여는 앞에서 공부하고 학습의 중요성을 충분히 말했다고 보기에 생략하기로 한다.

다음으로 생활철학이라 함에는 눈뜨고 세상을 보고 있는 시간은 모든 것을 선별하여 선택하는 과정으로 결정되기에 참으로 중요한 순간들이라서 기준과 원칙을 갖고 있어야 효율성 있게 결정된다는 것이다.

무엇보다 현재가 제일 중요하지만 미래는 준비하는 자에만 결과가 있다는 것이다.

첫 번째로 미래지향(未來指向)적인 선택과 결정이 우선이어야 하는 것에는 인생은 마라톤과 같이 길고 긴 세월을 보람되고 가치 있게 살기 위함이고 노년기의 행복지향이라서다.

미래 준비 않는 것은 노년에 불행을 자초하는 결과가 된다. **노년이 행복해야 성공한 인생이란 것이 자명한 것이다.**

두 번째로 유비무환(有備無患)은 닥쳐 올 문제점을 예측하고 준비하는 혜안으로 손실이나 매몰비가 없도록 리스크 관리 하는 자세가 있어야 생활에 활력이 생기고 삶의 가치를 극대화할 수 있다는 것이고, 사람들은 누구나 견물생심(見物生心)이라고 "물건을 보면 갖고 싶은 욕심"이 있을 수 있기에, 이러한 것에는 "얻는 것이 있을 때에는 정당하고 옳은 것인지를 먼저 판단해야 된다."는 견득사의(見得思義) 해야 만 소탐대실(小貪大失) 않는다는 것이고, "만사에 사소한 욕심 부리지 말고 대승적으로 거시적으로 큰 꿈을 갖고 살아야 된다"는 뜻에서 "소탐대실"을 세 번째 생활철학으로 정했다.

다음으로 나의 기도문에는 모든 사람이 "평화롭게 살기를 바라는 소박한 희망"이고 "서로가 사랑하여 아름답고 즐거운 생활" 하며 "만사에 감사하는 마음을 가져야 모두의 행복이 이루어진다."고 보고 "다함께 행복하길 바라는 마음에서" 공 스테파노 기도문으로 평화, 사랑, 감사를 정하였다.

다음으로 인간이 "부끄러움 모르면 진정으로 부끄러운 사람"이라고 본다. "모든 동물과 중에서 사람만이 유일하게 부끄러움을 안다."는 사실에서 동물들과 다른 것은 "부끄러움을 아느냐 모르느냐"가 기준이라는 생각이다.

인면수심(人面獸心)이란 말에는 "사람의 얼굴로 짐승짓 한다."라는 뜻이기에 같은 기준에서 이해하면 된다고 본다.

얼굴이란 말의 "얼"은 혼(영혼, 마음)이란 뜻이고 "굴"은 드나들다라는 뜻으로 "영혼과 마음이 드나드는 곳"이 얼굴이라서 불혹(不惑: 40세)이 되면 "자기 얼굴에 책임질 나이"라는 말이 논어에 있는 것도 "올바른 얼굴값을 해야 인간답다."는 것이다.

그래서 얼굴을 보면 마음을 읽을 수 있다는 것이다.

모든 언행에서 품격과 인격을 중시하는 것도 동물하고는 다르다는 함의가 있기에 인간으로서의 얼굴값이 기준이 되며 지향점일 것이다.

그러함에도 우리사회에 아시타비(我是他非)라는 사자성어가 신생되고 같은 뜻의 내로남불이란 말이 횡행하고 유행되고 이율배반에 위선에 표리부동하고도 부끄러움 없이 자신의 유·불리만을 최대의 목적으로 하는 지도자급들의 행태를 보노라면 자라는 후세에 "삶의 기준과 가치성 교육에 심각한 문제가 있다."는 현실이다.

많이 배우려 함이 지혜롭고 현명하게 살기 위함이란 것에서 지혜로움의 범주를 말하려 한다. 만사에는 상대가 있게 마련인데 어떠한 사항을 결정하고 나눔에는 누구나가 많은 생각과 계산을 하게 되는데 결정 과정에서 상대에게 피해주지 않으려는 결정은 "지혜로움"이고 피해주며 자신에 이득을 추구하는 것은 꾀부리는 "잔머리라 하고 꼼수 부린다." 하는 것이다.

꼼수로 남에게 피해주는 인생은 소탐대실 되고 불신을 자초하는 것이므로 피해주지 않으려는 지혜로움을 지키려면 남에게 피해주는 것을 스스로 부끄러움으로 아는 것이 자존감 높이는 것이고 강한 자존심으로 자각해야 된다는 말이다.

그런 면에서 사람들은 배신행위를 최고의 죄악으로 보고 있다는 사실이다. 배신에는 타인에게 손해와 피해를 주는 불법과 탈법 뿐 아니라 고마움과 미안함을 모르는 행위도 배신에 해당된다고 보기에 나에게는 살아오면서 "고마운 사람에는 갚고 살겠다."는 결초보은(結草報恩)의 정신이 나를 지키도록 하는 근원이라 보고 있다.

여기에 더하여 나이 많은 것을 계급이나 특권으로 생각하는 경향이 있는 것도 자신의 품격을 위하여 타파해야 할 악습이라 본다. 특히 친 인척들이 예의상 찾아오거나 선물 받은 것을 당연시 생각하여 "고맙다."는 말만 하고 갚지 않는 것은 자존감 상실이 되기에 상응하는 답례를 하는 것이 자신의 자존감을 높이고 상대에는 보람을 주는 황금률이라서 서로가 행복감을 갖는 것이다.

우리 사회에는 나이가 많고 적음을 중시하는 장유유서(長幼有序)의 관습이 있는데, 나이 적은 사람이 나이를 말하는 것은 겸손일 것이나 많은 사람이 나이를 말하고 내세우는 것은 오만이고 교만이고 특권을 요구하는 것이기에 자성할 필요가 있다.
사회생활에서도 나이 한두 살 더 먹었으면 대우 받으려 하며 무조건 하대하는 경우도 있는데 자신의 인격을 위하여도 해서는 안 된다.

특히 음식점이나 영업점 점원들에게 무시하듯이 하는 행위는 물이귀기이천인(勿以貴己而賤人)이라고 "자신을 귀하게 여기어 남을 천하게 여기지 말라."는 것에서도 그러면 안 된다는 나의 생각이다.

도리어 따뜻하게 경어를 써 주면 고마워하고 서비스도 좋더라는 사실이다. 특히 더 받아먹고 싶어서 팁을 미리 주며 친근감이라는 핑계로 하대하며 더 줄 것을 요구하는 것은 영업점 근무하는 이유만으로 인격을 유린당하는 것이므로 해서는 안되고 팁이란 감사의 표시이므로 고마움의 대가로 지불함이 좋다고 본다.

필자가 60대 중반에 지하철 타고 모임장소로 가던 중에 대학생 정도로 보이는 젊은이 세 명 중에 한 명이 다가와 자리를 양보하기에 "아직은 괜찮은 나이요." 하며 사양하고 있다가 목적지에 다 가서는 그 청년에게 "자리 양보하려 했기에 고마웠어요." 하고서 내리는 나의 뒤에서 들려오는 말이 "저분은 늙은이가 아니고 어르신이네." 하는 소리 들었을 때, 그러한 사소한 일로 인격적으로 인정받은 것에 자부심 갖고 품격을 높이는 방법을 깊이 생각했던 경험이 있었다.

나이 더 먹었다는 이유만으로 친분이나 제도권에 있던 사이도 아닌데 하대하고 반말 하는 것은 역지사지(易地思之) 해 보면 알 것이다.

상대가 나이 먹는데 도와준 것도 없는 사이인데 "선, 후로 태어난 것만으로 인격을 무시당한다."고 보면 기분이 많이 상할 것이라는 사실이다. 아마도 상대에 따라서는 반격 받는 경우도 있어 자업자득(自業自得)되는 피해가 될 수도 있다는 것이다.

이렇게 "자성하고 성찰하며 역지사지(易地思之) 해 보면 나의 발전이 된다."는 젊은 날에 경험한 사례를 거시적인 사항으로 말하려 한다.

필자가 30세 때에 사우디아라비아 알루카이 지역에 쿠웨이트와의 국경지대 세관 건물 50여 개동 신축하는 현장에 부소장으로 근무 할 때, 8·15 광복절 행사를 소장을 대신하여 주관하는 인사말에서 "3·1절과 8·15 광복절 같은 날이 더 있어서는 안 된다." 했더니 근로자와 직원들 300여 명 중에 야유로 들리기도 했는데 "이날은 기뻐하고 축하하기 전에 36년의 치욕스런 과거가 있었다."는 것에 "우리는 먼저 부끄러워하고 반성해야 다시는 치욕스런 역사가 없게 된다."고 말을 하는 것에 "그렇다."며 공감 받았던 경험이 있다.

모든 인생살이도 일희일비(一喜一悲)하기 전에 자신을 되돌아

보는 성찰이 있어야 옳고 바른 판단이 서는 것처럼 "내가 기분 상한 일이 있으면 상대에게 내가 먼저 잘못한 것이 없는지" 반성이 먼저여야 "이겨놓고 싸운다."는 선승구전(先勝求戰)으로 승자가 된다고 본다. 치욕스런 일제 치하도 그들의 행위를 미워하고 감정으로 대하기 전에 우리 선조들의 부족하고 잘못한 측면도 있었을 것이란 자성에서 와신상담(臥薪嘗膽)하며 국력을 쌓아 "이길 준비 됐을 때 싸워라."는 선승구전(先勝求戰) 자세로 극일 하여야 진정한 승자가 된다고 본다. 기분 상한다고 감정이나 분노로 해서는 자승자박(自繩自縛)되어 승자가 될 수 없다는 것이다. 나에게는 잘못이 없고 너희들 때문이라며 "모든 것이 너희 때문이다."라는 사고는 위험하다.

그런 생각에 붙잡힌다면 미래의 희망은 우리 곁을 떠나고 만다. 자기 잘못을 책임지지 않는 개인이나 민족은 희망이 없기 때문이다. "분노는 분노를 낳는다."는 사실에서 세상사는 지혜롭고 현명하게 살아야 된다는 것이다. 작금에 우리는 반일이 확산되어 국익에 반하는 현상이 있기도 한데 반일이 정치적 목적이라면 정도가 아니라서 극일은 요원할 수밖에 없는 것이 세상사의 이치라서 그런 일은 없기를 희망하고 기대한다.

인생사는 "실패는 성공의 어머니"라 했듯이 살아가며 잘못한 일을 반성하고 성찰하지 않으면 발전과 성공이 될 수 없기에 일일삼성(一日三省)이 생활화 돼야 자기 사랑이 된다는 말이다.

여기에 일반적 삶의 수단으로 덧붙여 하려는 말은 같은 시간과 노력으로 효율적인 생활을 하려면 "유머와 애교는 지혜롭게 살려는 수단"으로 선택이 아니라 필수라는 것을 내가 살면서 터득한 말인데 나에게도 많이 부족함을 알기에 노력하고 있다.

이 모든 것은 늙지 않은 성장기에 하는 말이고 철 들기 시작한 나는 "스스로를 믿을 수 있고 나 자신의 인생을 시작할 나이"가 되었으니 점진적으로 더 철 들며 살련다. 세상사에 옳고 그름 없는 유·불리만이 먼저이면 우선은 유리한 듯해도 진실과 사실은 숨길 수 없기에 멀리 내다보면 "손해이고 피해인 듯하여도 결국에 정리로 돌아간다."는 사필귀정(事必歸正)이라서 자신에게 유리하고 좋은 결과로 맺어진다는 것이다.

옳고 그름이 최우선일 때만이 진정한 유·불리가 되어 자기 사랑이 되고 행복이 된다는 말이다.

진정으로 행복하려면, 공부하고 직업으로 돈을 벌고 권력을 갖고 하는 모든 삶이 행복하기 위한 수단이고 방법으로 알고 옳고 바른 정도만이 성취할 수 있기에 윤리, 도덕과 예의와 도리를 지키고 교양 있게 자존을 지켜서 자존감을 높이려는 극기복례(克己復禮) 자세로 자기관리가 선행되어야 자아실현(自我實現)이 된다.

삶에 있어서 학습력을 높이여 보람있게 살려면 "인류의 만인, 만물이 나의 스승이라는 개념"으로 반면교사와 타산지석으로 삼아야 학습력이 높아지며 경쟁력 있는 발전이 되지만 반면에 거울의 자기 모습 보고서도 보정하려 하지 않거나 성찰하지 않고 거울을 탓하는 사람에게는 미래가 없다.

플라톤의 행복론에 의하면 "무엇이고 조금은 부족해야 채우기 위해 노력하려는 것이 행복이다" 하였다. 의식주에도 자신의 목적보다 부족한 수준이 목표지향이라 행복하다는 것이고 권력과 재산도 부족할 때 행복지향이지 넘치면 도리어 불행하다는 함의가 되기에 깊이 새겨볼 필요가 있다는 것이다.

내 의지력의 상징 "정신일도하사불성"
족자는 40년 전 김수철 후배의 감사한 선물

보람 있는 삶의 행복

공노석 회고록

4
건강관리는 값진 투자다

◇ 신체 건강관리는 의지의 산물이다

◇ 정신 건강은 정서(情緒) 관리다

4
건강관리는 값진 투자다

◇ 신체 건강관리는 의지의 산물이다

건강이라 함은 정신적으로나 육체적으로 아무 탈 없고 튼튼함을 이르는 말이기에 어느 하나라도 부족하거나 잃게 되면 삶을 옳고 바르게 살 수 없고, 가진 재산이고 권력이고 무엇 하나 자기 것이 아니라는 것에서 건강이 제일 중요한 것이라는 말이다.

젊어서는 모르고 살다가 체력이 달리고 어느 한곳 아파봐야 동병상련(同病相憐)으로 실감나고 건강의 중요성을 깨달을 때는 늦은 감이 있고 건강할 때 건강을 지키는 것이 제일 중요한 것이다.

그래서 돈을 버는 것보다도 값지고 "긴 병에 효자 없다."는 말에서도 건강관리가 제일 중요하다는 생각에서 투자라는 나의 개념이다.

젊어서부터 운동하는 나에게 "운동이 그렇게 좋으냐?"며 비아냥조로 묻는 사람에게도 "나는 경제 투자보다 더 중요한 투자다." 하며 자신 있게 말했다.

어느 선배 되는 사람이 "운동선수가 일찍 죽더라."하며 비아냥조로 말하기에 "사고의 개념이 잘못됐다."며 "운동이 직업인 사람은 운동이 노동이고 일반인은 체력관리다."라며 운동의 중요성을 말해준 적도 있으며 운동으로 오래 살고자 하는 것보다는 사는 동안 건강하게 살다가 가족에 부담주지 않고 나 자신에 추함도 없고 고생 없이 하늘로 가기를 바라는 소망에서다. 물론 일생을 놓고 보면 일이 목적이고 건강은 수단이라서 "운동은 건강하기 위한 것인데, 건강은 일하기 위한 필수 조건이고 일은 행복한 삶을 위한 수단이란 것"을 전제하여 하는 말이다.

필자는 고교시절에 합기도 3단을 땄으나 사회생활 하며 체력관리 할 시간이 없었던 세월에서 현장소장 하면서 고참급 되니 시간적 여유를 가질 수 있어, 35세 때 골프를 배우고 체력관리 하며 즐거움도 갖고 인적 관리도 한 차원 높일 수 있었으며, 임원이 되어서는 회사에서 골프 할 것을 권장하고 배려하여 본사 앞 인도어 골프 연습장에서 무료로 연습할 수 있었고 회사의 계열사인 경주 골프장과 경주 조선호텔에서 단합대회와 시합도 하면서 골프에 매료된 과정도 있었으나 만 30년을 즐겼던 골프를 목 디스크 문제로 하여 65세에 접었다.

필자는 직장 퇴사 후 사업의 길로 들어서면서 운동으로 체력관리 하는 것이 절실하다는 것을 느껴 45세 때부터 스포츠 센터에 새벽시간이라도 빠지지 않고 다니려 노력하는 이유가 있다.

사업이란 노심초사(勞心焦思)와 고뇌의 연속이라 스트레스 속에 살아야 되기에 "정신적 스트레스는 육체적으로 땀을 내어 풀어야 되고 육체적 스트레스는 정서적으로 풀어야 힐링 된다."는 과학적 근거와 체험에 의하여 휘트니스 센터에 열심히 다니고 지금도 하루 일과 중 첫째로 삼고 있다.

그리고 시간 있는 주말에는 남한산성 등산으로 하체운동 하면서 사색하고 지난날을 반추하여 자성하고 성찰하며 자존감 높이려 하면서 미래를 설계하고 현실을 직시하며 현명하게 살려는 방법을 모색하는 것에 현재까지도 즐기듯 하고 있으며, 때로는 지금 살고 있는 위례 신도시에서 자전거 타고 탄천으로 분당 쪽과 한강으로 나가서 팔당과 여의도 쪽으로 다녀오기도 하고 아들과 손자들과도 자전거 함께 타며 체력관리에 열성이며 가족 간에 화목을 도모하고 있다.

노파심에 하는 말로, 운동도 과유불급(過猶不及)이라는 것이다. "지나치게 과한 운동은 부족함과 같다."는 것을 경험으로 말하고자 한다.

과한 운동은 노동이지 운동이 아니라는 것이다.

노년의 우리 세대는 특별한 운동보다는 생활 자체가 운동을 동반하는 근면한 생활습관이 되어야 장수할 수 있다는 것이다. 이보다도 건강관리에 더 중요한 것은 일상생활에서 올바른 생활습관이란 사실이다. 먹는 버릇, 잠자는 버릇, 걷는 버릇, 앉는 버릇, 보는 버릇 등 모든 버릇으로 통하는 생활 습관이 운동하고 좋은 영양제 먹는 것보다도 중요하다는 것이다. 몸에 좋다고 한 가지를 편식한다거나 과식하는 나쁜 식습관을 지혜로운 의지로 개선해야 한다는 것과, 잠자는 버릇부터 보는 버릇까지 모든 버릇을 몰라서 보다는 아는 것을 실천 하려는 의지가 있어야 좋은 습관으로 건강하게 살 수 있다는 것이다.

어느 의사의 말과 같이 "건강은 자신이 만드는 것이지 누가 주는 것이 아니다."라는 말과, 고 김영삼 대통령의 명언처럼

"머리는 돈 주고 살 수 있어도 건강은 돈 주고 살 수 없다."며 등산과 조깅을 즐겼던 것에서도 타산지석(他山之石)해야 한다.

체력관리 못지않게 위생 관리가 중요하다는 것이다. 주방과 식탁의 위생관리가 가족의 건강관리라는 말이다. 외식에서는 흔히들 위생을 따지며 논하지만 가정에서는 설거지와 세제 등을 철저히 관리 하는지 되돌아봄이 좋다고 본다. 오랜 습관에서는 잘못되고 있음을 발견하기 쉽지 않다는 사실에서다.

덧붙여 식습관 중에 폐습을 말하고 싶은 것은 "음식의 맛이 짜다는 것과 매움의 정도가 맛의 기준이 아니고 입맛의 차이"라는 것이다. 나에게는 외가로부터 가족력이 고혈압이기에 40대부터 의식적으로 가급적 짜지 않게 먹으려고 30여 년 노력하여 아직은 고혈압 약을 먹지 않고 있기에 자신 있게 말하는 것이다. 음식은 단품보다는 한정식 같이 고르게 먹는 것을 선호하며 짜지 않고 맵지 않게 먹으려는 나의 반찬을 자신의 것과 내가 선호하는 싱거운 맛의 두 종류로 만들어 주려는 아내의 덕인 줄 알고 있으며, 위생 관리와 식습관에 관한 상식은 아내로부터 터득하였기에 감사하며 사랑으로 보답하려고 한다.

결론은 맛과 고급식단에만 우선시하는 모든 욕심을 버리고 각자의 체질에 맞는 할 것은 하고, 않을 것은 않으려는 원칙으로 옳고 바른 생활 습관을 의지력으로 지켜야 건강할 것이다.

　동병상련(同病相憐)이라고, 아파봐야 건강의 중요성이 보일 때는 늦은 것이다. 가급적 젊은 날에 건강 지키려는 의지를 가져야 효과적이라는 나의 격물치지(格物致知)다. 건강관리는 의지력의 산물이므로 익어가는 보람으로 만드는 행복을 지향 해야 노년이 건강하고 행복을 담보할 수 있다.

필자가 25여년 간 애용하는 휘트니스 센타

◇ 정신 건강은 정서(情緖) 관리다

건강이라 하면 보통은 체력 좋은 것만으로 오인하는 경우가 많은데 사실은 정신적 건강이 더 중요한 것이다. 육체적 건강 관리도 정신력으로 "하고자 하는 의지의 산물"이라는 것에서 그렇다.

하고자 하는 "사고(정신력)가 바뀌면 행동이 바뀌고, 행동이 바뀌면 명예가 바뀌고, 명예가 바뀌면 운명이 바뀐다."는 말에서 하는 것인데 "모든 행동은 정신에서 비롯된다."는 것은 과학적 논리가 아닐까 싶다. 정신 건강이 피폐하면 신체 건강이 아무리 좋아도 무용지물 되는 것이라는 사실을 인식할 필요가 있다. 삶 자체가 정신 건강으로부터 승패가 좌우되는 것이란 사실에서 그렇다.

필자가 직장에서 현장소장 시절 현장 훈이 "성패는 정신력"으로 하여 직원들의 열정과 책임의식을 도모했었다.

하고자 하는 의지 뿐 아니라 어떠한 마인드가 있느냐로 지향점이 생기고 결과가 있는 것이다.

첫 번째로 "정신 건강을 유지하고 관리하는 방법"으로는 등산이 제일 좋더라는 것이다. 나는 극도로 스트레스가 쌓이면 남한산성을 벗 삼아 집에서부터 걸어서 올라갔다 귀가하면 4~5시간 소요되는데, 등산하는 동안에는 라디오 들으며 사색하고 받았던 스트레스를 반추하여 반성을 먼저하고, 역지사지(易地思之)하여 생각하고, 지혜를 찾다보면 객관성 있고 합리적인 결론에 이르게 되어 대응할 자세까지 이르게 되며, 체력관리까지 되니 일거양득(一擧兩得)이 된다는 것이다.

나는 등산 시에 라디오와 메모지를 꼭 갖고 다니며, 듣고 생각나고 떠오르는 것을 메모하고, 스마트폰에 담을 것은 담고 하는 습관이 있다.

시간 여유 있고, 마음에 편안함과 즐거움을 갖고자 할 때에는 격이 없이 소통할 친구들과도 다니지만 혼자서 등산하는 것이 나 자신의 정신 건강을 관리하는 것으로는 좋더라는 것이다.

다음으로는 일상으로 하는 휘트니스 센터에서 땀 흘리며 일일삼성(一日三省)의 생활화로 나날의 반성과 성찰을 하고 있다.

두 번째로 "정신 건강을 지키기 위하여"는 종교생활이 좋다는 것이다. 신앙심을 고취하기 위하여 성당에 다니면서 미사를 드리고 있으나 신앙심 많은 사람에게는 미안하고 부끄러운 말이지만, 나는 "마음의 수양을 위하여 신앙생활 한다."는 것에 만족하고 있으며, 아침밥 먹기 전에는 하루의 일상을 감사의 기도로 성호경을 깊은 마음으로 그릴 때는 "오늘을 살게 됨에 감사합니다."라는 마음을 깊이 간직하며 아침밥을 먹는다. 신앙생활하며 주일 미사에 참석하여 신부님의 강론을 듣다보면 삶에서의 필요하고 중요한 말만하기에 마음에 담고 나 자신을 자성하며 부족한 나를 다잡으며 살아 갈 수 있기에 하는 말이지만 신앙생활에 심취하지 못하고 있는 것에 자성하며 점점 더 깊은 신앙심을 갖게 될 것이라고 본다.

옛날에는 종교가 사상계의 큰 영역을 차지하고 있다가 이성적 철학 사유가 증대되어 정신계의 큰 부분을 철학이 계승했고, 근대사회로 접어 들면서 과학의 발전으로 종교의 설 자리가 좁아지고 상실되고 있다는 것이지만, 독일 철학자 막스셀러가 "종교적 신앙, 철학적 사유, 과학적 영역을 동시에 갖고 있는 시대와 사회적 여건에 따라 비중의 차이가 있을 뿐 탐구의 과제와 영역이 다를 뿐이라고" 했듯이 종교적 신앙심이 삶의 가치를 지키고 높이는 데에 많은 도움이 된다고 본다. 그렇기에 내 생활에 현실적인 삶의 가치를 높이기 위함이지 종교만을 위하고 성당만을 위하는 맹신으로 신앙생활 하지는 않을 것이다.

세 번째로 "정신 건강을 높이기 위하여"는 독서가 제일이라는 생각이다. 독서에 대한 것을 특별히 말할 이유가 없겠으나 취미로 삼으려는 것에는 습관이 될 때 까지는 정서적 의미에 의지력이 중요하다고 본다.

건강관리로 "운동과 독서의 생활화"를 권유하면 "취미가 없어서 못한다."는 말을 하는데 "취미는 목적의식으로 노력하는 습관적 연속성에서 얻어지는 삶의 수단"이라서 취미는 정신적 의지로 만드는 것이라는 사실이다.

네 번째로 "정신 건강에 도움 되는 생활"에는 문화생활로 영화도 보고, 연극도 보면서 서정적으로 가다듬을 때도 있어야 하지만, 신문 보고 라디오 들으며 세상 돌아가는 것을 알아야 된다고 본다.

세상은 아는 만큼 보이고, 보이는 만큼 느끼고, 느끼는 만큼 행복하기 때문이다. 주변에서들 하는 말이 "정치고 경제고 TV 보고 들으면 스트레스 받는다."며 도외시 하고 등한시 하는 경향이 많은데, 듣고 보면서 내 가치관에 부합되지 않으면 비판도 하고 그러려니 하기도 하지만 "왜 저럴까" 하며 역지사지

하여 객관성과 합리성으로 이해심도 넓혀 나 자신이 확증 편향성으로 경도 되지 않으려 하다 보면 마음에 안정감이 생기고 타인과의 대화에서 뒤지지 않고 합리적으로 논하며 시대 상황에 적응하고 살 수 있어서 자존감을 높여 품격 있게 살 수 있다는 것이다. 현실을 모르고 격이 떨어지는 말을 하면 수치심으로 스트레스가 쌓일 것이라 보기 때문이다.

다섯 번째로 "정신 건강에는 관계의 미학"이 중요하다고 본다.

오랜 세월 속에서 맺어진 친구와 지인과의 관계에서는 기분 좋은 일과 스트레스가 수반 될 수 있기에 하는 말이다.

"친구 간에는 믿음이 있어야 한다."라는 붕우유신(朋友有信)의 관계여야 하고 "친구 간에는 잘 되길 바란다."는 송무백열(松茂栢悅)의 마음이 있어야 서로가 잘되고 돈독한 사이가 되어 금란지교(金蘭之交)라는 "쇠와 같이 단단하고 향이 있는 친구"가 될 것이다. 그렇지 않아 반목하고 불신 받는 사람은 멀리하게 되기에 서로가 가치관과 뜻이 같도록 하는 노력이 있어야 한다. 여기에는 "사람은 다른 사람에게 차마 할 수 없는 마음이 있어야 한다."는 불인인지심(不忍人之心)을 갖고 살아야 한다.

이러한 관계로 가장 적합하고 부합되는 사람으로 고등학교

2년 후배 구중서 사장이 떠올라 말하려 한다. 고교시절 서클을 같이 한 인연으로 반세기가 넘도록 친형제 같이 서로가 신뢰하며 지내고 있다. 연중 몇 번씩 후배의 고향 광천에서 나오는 해산물을 제철 음식이라며 보내주어 먹는 것에 가슴깊이 간직한 정성이 참으로 고맙고, 미안할 정도로 생각해 주는 후배를 친동생같이 마음에 담고 있기에 전원주택 사업 할 때는 한 단지 골조공사 일체를 의뢰했었고, 외주공사 한 곳은 일괄로 부탁하여 맡기고 했던 적도 있었다. 어떠한 것도 서로가 신뢰하고 지낼 수 있는 관계라는 말이다.

그래서 무엇보다 남에게 피해주며 자기의 이득만을 추구하려는 것은 자승자박(自繩自縛)하려는 것으로 관계가 단절 될 것이라는 말이고, "인색하고 교만한 사람은 더 이상의 인성을 확인 할 필요가 없다."는 말을 논어에서 읽었다.

"남의 돈을 쉽게 생각하는 사람은 자신의 돈을 극도로 아까워하는 경향이 많더라."는 것이 경험치와 격물치지(格物致知)로 알고 있다.

절친 관계일수록 금전의 상황관리는 철저해야 된다는 사실이다.

즉, 서로가 공경심이 있어야 여생동안 절친이 된다는 것이다.

친분으로 발생되는 금전적 문제는 양극으로 형성되기에 서로가 확실해야 된다는 것에는 자신이 먼저 책임지는 자세가 무엇보다 중요하기에 자기가 먼저 금도를 벗어나지 않으려는 자세여야 친분이 유지 된다. 그래야 금란지교(金蘭之交)가 될 수 있으며 절친 관계에는 서로를 아끼는 마음에서 "상대의 단점이나 실수는 조언해 주려는 관심이 사랑으로 알고, 그러는 것에 감사한 마음을 갖는 관계가 절친이다."라는 것이 상대를 신뢰하는 증거이며 이러한 것이 절친인 것이다. 상대가 실수하고 잘못하는 것을 방관하고 외면하는 것은 "친구가 잘 못되길 바라는 것과 같다."는 말을 논어에서 배웠다.

그래서 화향천리행(花香千里行)이요 인덕만년훈(人德萬年薰)이라 했나 보다. "꽃의 향기는 천리를 가지만 사람의 인덕은 만년동안 따뜻함이 유지된다고 했다."라는 말이다.

살아온 세월 속에 현재가 가장 젊은 날이기에 현실을 직시하고 살아야 된다는 생각으로 노년기에는 자존감을 높이려는 노력이 필요하다고 보기에 "명품이 아니라 멋스럽게 옷을 입으려 해야 한다."는 생각이다. "편하고 쉽게 사는 게 좋다."며 아무렇게나 살려하는 경향이 있으나 자신을 사랑하는 방법으로 목욕과 면도는 매일 해야 늙음에서 오는 체향을 씻을 수 있어 남에게 혐오스러움을 주지 않는다는 생각이다. 특히 때와 장

보람 있는 삶의 행복

소에 맞게 예의 있고 품위와 품격 있도록 멋스러운 복장은 사치나 과시가 아니라 상대를 존중하는 것이라서 필히 멋스럽게 옷을 입어야 한다. 이것은 절대적이다. 상대에 대한 예의라서 말이다.

"백발이 영광"이란 말이 있다. 영광이란 수많은 세월 속에서 얻어진, 경험으로 쌓아온 늙음을 지혜롭고 현명하게 살면서 "모범을 보여야 한다."는 조건부가 있다고 본다. 그래야 가정에서나 사회에서도 버림받지 않고 사회적으로 대우받을 것이다.

지혜 없는 노인은 자칫하면 노욕(老慾)에 빠질 것이다. 노욕에서 오는 치욕과 불명예스러움을 남겨서는 안 되고 추한 늙은이로 치부 받아서도 안 된다.

쇼펜하우어는 "젊었을 때는 모두가 자유를 외치다가도 늙으면 모든 것이 운명이었다고 인정하게 된다."고 말했다. 지혜로운 사람들은 운명론자가 된다는 뜻은 노년이 되면 "모든 욕심 버리고 모든 것을 내려놓고 무소유자가 되려고 하라."는 것으로 이해하고 있다.

건강관리는 투자라는 결론의 요약은,

젊었을 때 건강은 체력과 연결되지만, 노년기 건강은 정신력이 차지하는 것이 크기에 간과해서는 안 된다. 물론 신체적 건강과 정신적 건강이 일하기 위함이 되면 인간적 건강이 되기에 이보다 더한 금상첨화(錦上添花)는 없겠으나 노년기에 누구나 누릴 수 있는 인간적 건강이 쉽지는 않을 것이다.

건강의 모든 것(운동, 식습관, 생활습관 등)은 의지의 산물이라서 정신력이 첫째라는 것이다.

세상에는 변하지 않는 게 없다. 단 하나 "변하지 않는 게 없다."는 말만이 변하지 않는다. 그래서 유비무환(有備無患)의 자세가 피해와 손해를 최소화 한다.

지금이라도 고정관념 버리고 변하여 건강관리에 최우선하여 보람 찾아 행복한 여생을 만들어 가야 한다. 이 책을 읽는 모든 사람은 건강하고 아름답게 살아 보람으로 행복하길 기원한다.

건강관리는 의지력에 시간 할애만으로도 효율성과 부가가치가 최고인 인생투자라는 말이다.

보람 있는 삶의 행복

공노석 회고록

5
주권재민主權在民 정신이 자존심이고 자기 사랑이다

◇ 정치의 본질을 알아야 세상이 보인다

◇ 정치 수준이 국민 수준이라서 국민의 책임이다

5
주권재민主權在民 정신이
자존심이고
자기 사랑이다

◇ 정치의 본질을 알아야 세상이 보인다

일생을 살면서 자신에게 주어진 권리를 누리지 못하는 것은 자신의 잘못이란 자성을 하여 권리 행사를 해야만 책임 있는 자세이고 자신을 사랑하는 것이다. 수처작주(隨處作主)라고 "어디를 가든 주인의식을 가져라."는 것은 의무와 책임감이 권리보다 중요하다는 것으로, 정치에 노예 되지 않고 실질적 나라의 주인으로 살아 애국적 주권자가 되자는 것이다.

"대한민국은 민주공화국이다."가 헌법 1조 1항이고 "대한민국의 주권은 국민에 있고, 모든 권력은 국민으로부터 나온다."가 헌법 1조 2항이라는 것은 "국가의 모든 권력은 국민에 있다."는 것이니 국민으로서 권리와 책임을 다하는 것이 "정치권력에 주인 행사를 다 하는 것."이라는 말이다.

현실은 주객이 전도되어 정치권력에 사대사상적 맹종 맹신하는 것이 안타까워하는 말이다.

철학자 장 자크루소의 말대로 "국민은 투표할 때만 주인이지 투표 후에는 노예가 된다."고 하는 것 보면 동서고금(東西古今)을 막론하고 다 그렇기는 한 것 같다.

주인이 머슴에 끌려 다니는 현상이다.

"정치 수준이 국민의 수준이다."라는 말이 많이 회자되고 있지만 그것에 대한 책임을 "정치인 탓으로만 치부하고 국민의 책임에는 도외시 하는 것이 문제라는 내 생각이다.

그런 면에서 정치인의 자질을 보려면 책임지는 리더십으로 위선적이지 않고 표리부동하지 않으며 유체이탈화법으로 남 탓하지 않는 언행일치로 실수와 잘못에는 진솔하고 용기 있게 사과하는 사람인지 주시하면 보이기에 하는 말이다.

필자는 국민과 정치인의 관계를 "목적과 뜻이 다른 사람이 같은 배를 타고 간다"는 오월동주(吳越同舟)라는 말에 비유하여 논하려 한다.

수천 명이 타고 여행 다니는 크루즈 배를 나라로 보고, 배의 선장은 5년간 국정을 위임받은 대통령이라 치고, 배 안의

각 분야에서 여행객을 위해 근무하는 사람들을 정치인(국회의원 등)들이라 보면 이들은 모두가 먹고 살기 위한 직업인으로 승선한 사람들이고, 여행객으로 승선한 사람들은 뱃삯을 주고 목적지까지 갈 절대적으로 권한 있는 국민에 비유하여 설명하고자 한다.

같은 배를 탔어도 선장(대통령)과 선원(정치인, 국회의원 등)은 직업으로 돈을 벌기 위해 승선한 경우고, 여행객(국민)은 먹고 즐기며 관광하려고 돈 주고(세금) 승선한 경우라서 같은 배(국가)를 탔어도 목적과 뜻이 다르다는 말이다.

직업으로 탄 사람들은 월급받기 위한 돈이 목적이고, 여행 목적으로 탄 사람은 최대한 여행목적에 부합되도록 안전(안보, 국력)하고 즐거워야(경제, 복지 등) 하는데 그러지 않고 돈 버는 데만 열중인 선장과 선원(대통령, 국회의원 등)을 맹종 맹신하며 종속자로 자처하는 것은 목적지까지 무사하고 즐겁게 도착할 권리(국민 주권)를 포기하는 것이고, 자기 부정하며 자존심 없이 영혼을 파는 행위인 것이다.

거기다 선장과 선원이 자기들 이득을 위하여 의도적으로 잘못하는 서비스(정책)를 덮으려고 여행객을 호도하며 편 갈라서 감언이설(甘言利說)과 미사여구(美辭麗句)로 속이는 것에 무지하여, 영혼 없이 여행객끼리(국민들이)편 갈라서 진영으로 싸우는 것은 배(나라)가 전복 될 수 있기에, 선장과 선원뿐만 아니라 여행객(국민)의 책임이 큰 것이다.

그래서 진짜 선장과 진짜 선원은 여행객에게 그런 짓 않는다. 눈앞의 이득을 취하려(사리사욕, 당리당략)다 배가 전복되면(안보불안, 경제불안) 자기들 책임이란 것 알기에 말이다.

정치인은 전투(꼼수정치)에서 이기더라도 전쟁(진실, 역사)에서 진다는 사실을 아는 것은, 현명한 것이라서 유능한 사람이다.

짧게 살고, 길게(역사평가)죽는 길은 당랑규선(螳螂窺蟬: 지금 당장의 이익만을 탐하여 그 뒤의 위험을 알지 못함)될 것이라 본다.

여행객(국민들) 상대는 선장과 선원(정치인들)인 것이지 같은 배 탄 여행객(국민들)끼리가 아니라는 사실을 자각해야 된다.

정치인들은 특정한 종교나 특정한 사건까지도 정치 공학적으로 이념과 진영으로 편 갈라서 이용하려는 습성으로 종교와 사건을 희생양 삼으려는 경향이 많기에, 속지 않으려는 자존감 확립으로 주권자의 애국심이 자기 사랑이라 본다.

이것이 주권재민(主權在民) 정신이라 보는 나의 정치관념(政治觀念)이고 국민수준의 척도가 된다는 것이다.

자신의 가치관에 부합되면 지지하고 부합되지 않으면 비판하고 다음 선거에서 평가하고 판단하여 투표할 일이지, 이념이나 학연과 지연으로 어느 지역을 따져서 진영으로 편 갈라 지지하는 편협함은 자기 부정하는 것이고 자기 손해이지만,

정치인은 반사이익(反射利益)을 보는 것이다.

　나 같은 민초가 나라의 출산율을 걱정하는 것은, 사람이 국가와 가정의 자원의 뿌리이고 근본이라서, 미래 대한민국 존립에 관한 문제이고, 자식들의 미래를 걱정하는 부성애와 부모 된 책임의식에서 나라의 출산율이 전 세계 최저임이 걱정되어, 어느 국회의원 H에게 "출산장려정책을 최우선으로 해야 되지 않느냐?" 했더니 "그것은 통치자가 할 일"이라기에 "정치인들이 할 최대의 국가적 책무인데?" 했고 또 한 국회의원 L에게도 같은 주문했더니 "백약이 무효"라며 자포자기 하는 것 보고서 정치인의 본질은 직업의식만 있어, 출산율 증대라는 대의에는 관심 없이, 국가 재정을 "선심 쓰는 표심에만 관심 있구나." 했다. 그러니 출산율이 세계 최저로 계속 떨어지고 국가 재정은 국민의 혈세인데 깨진 독에 물 붓기가 되고 있는 것에 분노한다.

　미래가 없는 정치는 존재 할 이유가 없다는 사실이다.

　정치인은 정치함에 "직업의식이 먼저라서 자신들의 유·불리가 먼저일 수밖에 없다."는 것에 인지상정(人之常情)으로 이해하여 판단하면 국민에 지피지기(知彼知己)가 되어 국민들이 취해야 할 자세가 형성 될 것이라 본다.

그래서 이념과 진영만을 생각하는 단견으로 자기 발등 찍는지도 모르고 무조건 한 사람과 한쪽만을 지지하고 옳고 그름도 모르는 것은 노예근성이고 영혼 없는 것이라는 나의 생각이다.

정치는 속임수라고 실토했던 일화를 회상해 보려는 것에는, 거짓말은 고의적 행위인데 너그러운 사회는 미래가 어려울 것이라 죗값을 치르는 문화가 돼야 올바른 사회가 될 것이라 본다.

그런 면에서 국가의 안보는 개인의 목숨과도 같은 것이고, 국가 경제는 개인의 의식주와 같으며 국방력은 개인의 건강과 같은 것으로 비유해보면 "인간의 목숨보다 중요한 것이 없다." 는 사실에서 국가에는 안보(목숨)보다 중요한 것이 없다는 데는 경제(의식주)와 국방력(건강)도 안보(목숨)를 지키려는 수단인데, 경제관계가 제일 중요하다며 안보동맹보다 경제관계를 우선으로 현혹되거나 착각해서는 안 될 것이라는 것을 회갑 기념으로 이스라엘 성지순례 갔을 때, 남녀 군인들이 완전 무장하고 골목마다 지키고 있기에, 이유를 물으니 "나라가 없으면 자신이 존재할 수 없다."며 "즐겁게 안보를 제일로 하고 있다."는 말을 듣고 작은 나라가 중동지역 거대 국가들의 맹주노릇 하는 이유를 알았기에 내 가슴에 깊이 담고 온 안보관으로 안보관이 희박한 정치인에는 죗값을 치르게 하여 미래가 없게 해야 안보제일 정치로 국력이 강력해질 것이라는 생각을 갖고 있다.

전에 어느 대통령이 현직에 있을 때, "선거는 국민을 속이는 게임이다." 했을 때에 나는 "선거로 당선된 사람이 국민을 우롱하는 말"이라며 격하게 비판한 적 있었지만, "선거는 정치인의 모든 것"이라는 데서 언중유골(言中有骨)과 함의(含意)로 보면, "정치는 국민을 속이는 행위"라는 말이 되기에 참으로 솔직한 정치의 단면이라 보았다.

그 후로 정치인들이 전에 했던 말과 후에 하는 언행과 공약의 이행을 지켜보면 그들은 "국민을 속이는 것이 지혜로운 줄 아는 것" 같아서 허무하여 불신이 크고 그들의 말은 믿지 않으려 하고 합리적 판단을 한다.

정치인들이 개혁이란 말을 쉽고 편하게 활용하는데 "개혁이란 것은 목적이 아니고 수단이라서 옳고 바르게 개혁했을 때만이 정당하고 정의로운 것인데, 도깨비 방망이 인양 만능으로 말하는 것이 옳지 않기에 현혹되고 속지 않는 것은 국민의 몫이다."라고 위에 말한 "선거는 국민을 속이는 게임이다." 했던 분에게 대통령 당선 1년여 전에 조선호텔에서 있었던 조찬 세미나에서 내가 질문으로 했었던 말이다. 그리고 15대 국회개원을 보이콧 하려는 자민련 총재 JP가 조찬 세미나(1996

년 6월 5일) 특강으로 나왔기에 "입법부가 법을 지키려 하지 않으면 국회의원도 무노동, 무임금, 해야 되지 않느냐?" 하며 내가 질문했더니 JP가 긍정적으로 받아주고 후에 비서실장 명으로 감사의 편지를 보내주어 받았기에 특별한 감성을 가지고 있다.(두 분과 함께 한 사진은 뒷편에 있음)

내가 살아오며 목도한 현대사에는 권위적이며 독재라 했던 정권에도 애국적 독재와 사리사욕적 독재로 구분하여 평가할 필요가 있다고 본다. 그래야 옳은 미래를 제시하기에 말이다.

"아는 만큼 보인다."는 것에 충실하고자 정치 현실을 알려 노력하고 합리적으로 평가하고 비판하며 주권의식으로 나의 현재와 미래에 부합되도록 "행동하는 양심으로 행해야 한다."고 보고 있다. 특히 내 직업인 건설업은 정치의 정책방향으로 사업에 막대한 영향을 받기도하기에 그렇다.

정치인을 맹종·맹신하는 것은 부역자 노릇 하는 것이고, 부역자 노릇 하는 것은 자존심 상하기에, "양심과 자존심을 팔거나(하찮은 돈 욕심으로 지지하는 것) 도둑맞는 것(자기 발등 찍는지 모르고 지지하는 것)은 불행을 자초하는 것"이라는 사실을 명심할 때만이 정치인들도 국민을 진정으로 무서워하고 애국애족(愛國愛族)과 국리민복(國利民福)이라는 국가관을 가지고 정치를 할 것이라 본다.

경제성장은 국력과 국민의 복지적 삶에 가치를 높이는 데 절대성이 있기에, 산업보국 선봉장에 있는 기업주를 보호하고 육성할 책임은 정치권과 국민에 있거늘, 기업의 소유와 경영을 공정이란 핑계로 정치 공학적 편 가름으로 "분리하라."며 강압하고 억압하는 것은 경제성장에 반하는 반민주적이고 반시장적이라는 나의 생각이다. 예를 들면 자가용 차를 운용하는 사람에게 운전자를 꼭 두고 타라는 것과 같다는 것이다. 운전자를 두고 안 두고는 차주의 전적인 영역이라서 차주가 차의 효율성으로 판단할 일이고, 운전자보다도 차주가 차에 대한 애착심이 많을 것이라는 것은 인지상정 일 것이고 운전자에 대한 유무 장단점은 오르지 차주가 판단할 것을, 남들이 운전자 두라며 압박하는 것은 자유와 권리를 박탈하는 것으로, 차를 소유하지도 못할 수 있기에 반민주이고 반자본주의로 국익에 반함을 정치권과 시민 단체에 자각하길 권유하고 싶다.

국리민복보다 당리당략과 사리사욕적인 정책하나가 나라와 국민에 10년 20년을 헛되고 퇴보하는 악책이 될 것인데 현실을 보노라면 개악이 비일비재(非一非再)하게 발생하고 있다는 사실에서 젊고 어린 세대의 앞날이 걱정된다.

경제성장이 국리민복(國利民福)이므로 정치인들에 하고픈 말은 "경제는 운명체가 아니고 생명체이기에 생태계 관리에 따라서 성패가 결정된다."는 것을 인정하고 정치공학에 의한 이념으로 하지 말고 경제는 경제논리로만 할 것을 간곡히 요망한다.

민주주의를 편향된 이념에 경도하려는 수단으로 이용하는 작금의 현실을 걱정한다. 그 결과는 민주주의 후퇴가 아니고 붕괴되고 있다는 것에는 법치도 아닌 권력으로 몰고 있어서 하는 말이며, 선진국 되려면 법치에서 윤리와 도덕의 정치가 되어야 한다는 것을 희망하는 뜻에서다.

그리고 과거는 역사이기에 반면교사와 타산지석으로 미래를 준비하는 초석으로 삼고 분노와 보복은 덮고 가며 미래지향에 매진하는 선진문화 정치가 국가 발전임을 자각하길 기대하고 희망한다.

국리민복과 애국애족 정치가 정치인 자신을 사랑하는 국가관이고 역사관임을 명심하고 국민을 피아로 편가름 하는 정치는 매국적임을 인식해야 한다고 권고하고 싶다.

애국과 충성은 국가와 국민에 하는 것이지 정치권력에 충성하고 복종하는 행위는 노예되기를 자처하는 것이다.

"편가름 정치는 정치인의 사리사욕"이고 국리 민복에 반(反)하는 것이다.

◇ 정치 수준이 국민 수준이라서 국민의 책임이다

나 보고 "너는 어느 편이냐?" 하면 "나는 내 편이다." 한다. 주권자라서 나는 나를 위해 살지 정치인을 위해 살지 않기에 말이다. 나와 내 가족을 위해 "정치만은 이기적으로 자존을 우선하여 평가하고 판단해야 된다."고 보기에 서로가 입장이 다름을 인정하고 이해할 사안인데, 지인 간에 정치 관점이 다른 것 때문에 반목하고 갈등하는 것에는 냉소적으로 보고 있다. 지인의 관계가 더 중요함을 망각한 행위이기에 말이다.

직업 정치인들도 입장이 다름을 인정하는데 친구나 지인 간에 정치 이념의 다름으로 다투는 것은 "정치인이나 이념보다 지인의 관계가 더 중요함"을 망각한 행위로서 소탐대실(小貪大失)이고 자승자박(自繩自縛) 될 것이라는 말이다.

"입장이 다르면 관점이 다르고, 관점이 다르면 견해가 다르고, 견해가 다르면 역사의 평가도 다르다."는 사실에서 상대의 생각을 인정해 주는 것이 제일 중요하고 지혜롭고 현명한 것인데 나와 같기를 강요하는 것은 오만이고 피해를 강요하는 것과 같기에 지인이나 친구와의 관계유지가 나 자신을 위하는 것이라서 절대로 해서는 안 된다는 개념이 중요하다.

앞에 축사를 보내준 김성곤 전 의원은 15대 국회의원 때부터 여수에서 4선을 했고 25여 년 가까이 매월 모임을 같이하며 교류하고 있는데 소속 당 대통령에 대하여 격하게 비판해도 나를 이해시키려 하지, 기분 나빠하지는 않는 것을 보고서 지혜롭고 현명한 개인 성품을 인지하였고 인격적으로 신뢰와 존중하는 사람이라서 축사도 받은 것이다.

원래 진보적 당의 정체성과는 약간은 이질적이라 할 수 있는 보수성이 강한 성품이기도 하고 애국자 가문에서 익혀온 인격자라 그럴 것이라 보고 있지만 평화주의와 도(道)의 정치를 가치로 삼고 있는 그에게서 정치라는 직업을 부정적으로 보고 있는 필자가 만나 본 여러 정치인 중 유일하게 긍정을 심어주고 있다.

고국에 대한 애국심으로 미국 해군 정보국에 근무할 때, "한국에 군사기밀 유출했다."는 혐의로 옥고를 치른 로버트 김이 친형님이고 부친께서도 국회의원과 한국은행 부총재를 하셨던 가문 있는 집안에서 살아온 영광스런 사람이기도 하다. 내가 소속 당 대통령에 비판을 넘어 비방하는 것에 아마도 단순하고 단편적이고 편협한 사람이라면 직업 정치인이기에 화를 냈겠지만, 그러지 않는 것에서 지인의 관계를 우선시 하는 지혜롭고 현명하게 살려는 방법을 타산지석(他山之石)해야 된다고 보고 있기에 하는 말이지만 어느 정당에 속하여 먹고 사는 직업인도 아닌 평시민끼리 정치 이념이나 진영으로 갈라져 갈등과 반목하는 것은 자승자박(自繩自縛)됨을 알아야 된다고 본다.

영국의 어느 사학자의 말에 의하면 "정치인은 쓰다가 자기 가치에 부합되지 않으면 버릴 대상"이라는 주권의식이 절대적이라는 말을 보고서 양심 있는 행동으로 국민운동을 하고파서 서술하고 있다. 주권의식이 강한 사람은 지연, 학연, 혈연에 연연치 않고 객관성과 합리성으로 진영으로는 중도에 위치하는 경우가 될 것이다. 3권 분립 국가에서 사법부는 과거의 잘못된 죄를 평가하고 판단하여 단죄로서 정의를 확립하는 곳이고, 행정부는 나라의 살림을 운영 관리하여 국민의 복지 증진으로 행복추구권에 부합되도록 삶의 가치를 극대화 할 수 있는 통치자를 뽑아야 되겠고, 입법부의 국회의원은 나라의 미래를 효율적 능률적으로 생산성 있게 체계화 할 책임 있는 곳이라서 과거가 아닌 미래에 적합하고 부합되는 사람이 선출되게 투표해야 된다는 것이다.

그래야만이 정치인이 국민을 가식으로 대하지 않고 속이려 하지 않고 옳고 바르게 국정을 할 때, 국민의 수준도 높아질 것이고 국가의 선진화로 국익이 되고 자기에게도 도움이 될 것이다.

정치도 사람(국민)위해 있는 것이지 사람이 정치를 위해 있는 것이 아니라는 원론적 판단으로 생각하면 주권자로서 자존심을 지킬 수 있어 국격과 국민의 수준이 높아질 것이다.

무엇보다 정치권력을 일정기간 위임한 국민들이 그 권력에 사대사상적 노예근성과 소아의식을 버려야 한다고 보기에, 정치인들이 권력 우월의식과 특권적 사고를 버리고 인격적일 때만 존중하고 인정할 범주로 대하여야 하고, 나는 정치인들을 이 기준에서 교류하고 있다.

필자는 "내 밥 먹고 자신에게 도움 되지 않는 정치인을 위해 맹종맹신 하는 것"은 수오지심(羞惡之心: 옳지 못함을 부끄러워하고 착하지 못함을 미워하는 마음) 없이 내 얼굴에 침 뱉는 것이라서 억울하고 자존심 상할 것 같다. 더군다나 죄지은 정치인을 편드는 것은 인면수심(人面獸心)이라고 "사람의 얼굴로는 할 수 없는 짓"이고 자기부정하는 행위라는 생각이다.

필자는 좋게 보던 정치인이나 누구도 "죄지은 의혹으로 수사받기 시작하면 절대로 편드는 소리 않는" 것은 합리적 공정과 정의에 부합하고 내 얼굴에 침 뱉지 않으려는 것이다.

정치인에 영혼 없이 앵무새처럼 한쪽, 한 사람에만 충성스럽게 편드는 국민이 그들을 왜곡되고 위선자 되도록 하고 있는 것이며, 심지어는 국가와 국민을 위해 목숨 바친 전사자까지 진영과 피아 구분하여 정치 공학적으로 편 가르는 현상은 매국적 행위인 것이다.

국가를 위해 목숨 걸고 목숨 잃은 사람의 가치는 계급이 높고 낮고 간에 애국·애민의 값이 똑같기에 천안함은 모든 국민이 기억하고 지키며 존경심을 가져야 안보 유지로 국가가 존속될 수 있기에 정치적으로 편 가름 하는 정치인에는 미래가 없도록 경종을 울려야 한다.

이러한 정신이 최강대국 미국의 힘이고 국력이란 사실이다. 정치 공학적으로 적대시하는 사람도 목숨으로 나라 지킨 애국지사 덕분에 현재도 존재하고 있음을 부정할 수 없기에 인간으로서 배신자 소리는 듣지 않도록 함이 자기 사랑인 것이다.

필자는 불혹의 나이 초반까지는 진보성향이 강하여 뜨거운 가슴으로 군사정권에 반감과 저항심이 있었기에 객관성과 합리성 없이 YS를 맹신했던 젊은 날을 자성하고 있다.

독재정권이라는 것에만 편견과 단견으로 26세에 국회의원되고 민주화 운동에 사활을 거는 모습에 반했었고, 민주화 운동으로 YS가 23일간 단식하여 병원에 실려 가는 것을 보고 격한 마음을 가진 적도 있었기에 1992년 14대 대선 때 잠시 정치에 꿈을 갖고 가담했을 때 비하인드 스토리를 말하고자 한다. YS의 말로 회자되고 있는 "호랑이 잡으러 호랑이 굴에 들어갔다."는 말은 내가 민주 자유당 선거대책 본부에 제안서 보내어 관철된 말이었다는 사실이다.

YS가 노태우정권에 3당 합당으로 가담한 것을 DJ쪽에서 민주화운동 쪽의 변절자로 공격하기에 "대권을 잡으려고 적지에 가담했다."는 의미에서였는데 결국은 대권에 성공했었다.

그 후로 정치를 들여다보니 "정치는 나의 인생 가치관인 권력보다 행복지향에 부합될 수 없어" 사업의 길로 들어섰는데 지금에 와서 봐도 잘했다 싶다.

정치의 행태를 직접 확인할 기회가 있었는데, 나의 삶에 가치와는 너무나 다름에 실망하여 정치에는 부정적인 생각이 많다.

내 분에 넘치는 극찬의 축시를 보내준 이용우 시인은 나와 대구 K2 전투비행장 활주로에서 동고동락한 공군221기동기인데, 운명적으로 여의도 정치 세상에서 오랜 세월동안 보좌관직을 하였어도 직접 정치는 않고 여생을 서정적인 시인의 길을 걷고 있는 것을 보면 정치에 관한 개념과 인생 가치관이 나와는 정서적으로 같기에 그럴 것이라 보며 50여 년 세월동안 깊은 마음을 나누며 우정과 친분을 쌓고 있는 그가 나의 친구라서 감사하다.

현재의 나는 합리적 보수성을 갖고 정치를 바라보고 있는 것에 보수라 함은 "확립된 가치를 유지하고 지키는 것"이라서 살아온 인생을 존중하고 지키려니 보수적일 수밖에 없으며 이념적으로도 합리적 보수성이 있으나 세상을 보수적으로만 봐서는 발전이 제한적일 것이라서 세상 살아가는 방법에는 혁신적이며 창의적인 진보적 사고가 발전에 원동력이라 본다.

이 사회의 진보와 보수는 수레의 양 바퀴라서 상호 보완적이고 협력적이어야 국가와 개인도 성장과 발전이 될 것인데 반목하고 적대시하는 것은 국익에 반하여 국민에게도 피해가 될 것이다.

"나라의 흥망성쇠는 국민정신에 있다."는 책임의식과 자각이 중요하다는 사실을 말하고 싶다는 것에는 필자가 크루즈 여행으로 이집트에 가서 학창시절 배웠던 세계사에 불가사의 중 하나인 피라미드와 스핑크스상 등이 방치되듯 허접한 관리로 집시들이 들끓고 있어 관광객을 위협하고 있었다. 우리 5천 년 역사보다 우월해보였던 고대 이집트 7~8천 년 전 역사 유물이 가득한 박물관도 허술해 보이는 것을 보고 "거창했을 고대 이집트 역사가 영원할 수 없었다."는 것을 반면교사로 국민들이 단합되어 집단지성으로 미래지향의 중요성을 알아야 되겠기에 "이분법적 분열정치는 지양해야 국가의 발전이 지속되어 국리민복으로 국민이 행복할 것"이라는 생각이다.

그렇기에 진보다, 보수다 하며 이념적으로 진영으로 편 가르는 것은 의미가 없고 자신의 삶의 가치에 부합되도록 사안에 따라 평가하고 판단하는 지혜가 중요하기에 자기중심적으로 남에게 피해주지 않는 범주에서 정책을 선택하고 정치인을 결정해야 된다고 본다.

공정하고 정의로운(Justice) 사법부가 인권과 민주주의 보루인데, 작금의 현실은 "사법농단이다. 충견이다."라는 말에 경악을 금치 못하는 나라로 퇴보하고 있다.

3권 분립 국가에서 옳고 그름을 판결하는 최고의 보루인데, 살아있는 권력에 경도되면 국가와 국민의 민주주의는 요원한 것이다.

사법부는 운동경기장에서 심판(판사, 대법원장)과 같기에 중립적이고 공정한 것이 생명이어야 그 경기가 지속 가능하고 연속성으로 관중(국민)에 박수 받고 사랑받을 것인데, 편파적이고 한쪽에 유리하게 경도되어 심판(판결)하면 그 경기는 관중(국민)에 외면 받아 존속될 수 없어 자승자박(自繩自縛)으로 소멸 될 것이다.

정의롭고 공정하지 못한 사법부에 국민들이 이분법으로 편 갈라서 부정하게 지지하는 것이 더 큰 문제이고 정치인들이 자신들의 유·불리로 견강부회(牽强附會)하고 미사여구(美辭麗句)로 호도하는 것에 국민들이 부화뇌동(附和雷同)하며 분열하는 행위는 매국적인 것이고, 자기 부정하며 국민에 불행을 자초하는 것이라서 국민들이 중립적으로 공정하고 정의로운 생각으로 사법부에 경종을 울려야 민주주의가 지켜지고 명실공히 선진국이 될 때 자기 사랑이고 애국하는 것이다.

이것은 판결하는 사법부(수장인 대법원장) 뿐 아니라 수사하는 준 사법기관인 경찰과 검찰, 공수처가 중립적으로 공정하고 정의롭게 살아있는 권력에 엄격할 때만이 애국애족이고 국리민복이 될 것이다.

국민들은 직접피해만이 피해인 줄 알고, 혹세무민(惑世誣民: 세상 사람을 속여 미혹시키고 어지럽힘) 하는 정치인에도 속아서 간접피해를 선별하지 못하는 것이 크나큰 문제인 것이다.

사법부는 국민으로부터의 신뢰가 생명이라서 신뢰를 잃어 생명력이 없으면 좀비 같은 시체일 것이다.

국가 재정은 화수분으로 형성되는 것이 아니고 국민의 세금으로 국가 운영과 안보 지키는 근원적 사실과 근본을 부정할 수 없다. 그러기에 국민이라면 납세는 의무인 것이고 개세주의(皆稅主義)라고 "소득이 있으면 세금을 내야 한다."는 절대성이 있다.

하지만 공정하고 공평하여야 할 납세 의무를 정치인들은 정치적 유·불리로 따져, 자기 돈인 것처럼 선심 쓰고, 인심 쓰듯 생색내며 감언이설(甘言利說)과 미사여구(美辭麗句)로 속이려 하며, "국민들이 상대적으로 배 아파하는 심리"를 이용하여 정치공학적으로 선택적 정의로 국민을 진영으로 편 갈라서 "세금을 내는 사람에게는 가혹하게 징벌적으로 더 내게 하고, 면세자에게는 관대한 방법"을 자랑스러워하며 국민을 기망하는 위선에 분노를 느낀다.

세금 내는 사람이 보람을 느끼도록 해야 "더 내더라도 보람으로 알게 하는 것"이 인지상정(人之常情)인데, 징벌적으로 가혹하면 빼앗기는 기분이라서 납세하고 싶지 않기에 국민의 행복추구권에 반하는 것이다. 세금 때문에 불행한 국민이 있다면 반 국리민복 정치라는 사실이다.

국민은 평등하기에 다 같은 국민으로서 복지 혜택을 어떠한 방법이든 같이 받을 권리가 있기에 행복추구권을 존중할 책임은 정치에 있다.

영세한 국민과 극빈한 국민을 나라가 지켜주며 국가를 운영하려면 세금 많이 내는 사람이 애국자이고 세금 많이 내는 기업이 산업보국 하는 것인데, 도리어 홀대받고 정치적으로 괄시 받게 하는 것은 정치의 본질에서 역행하는 것이라 국리민복에 반하는 것이고 매국적 행위인 것이다.

민주정부라 하면서도 재벌 총수들이 죄 지은 것 없이도 권력 앞에 "웃어야 살고, 머리 조아려야 산다."는 현실을 보고 있노라면 반 민주국가이고 반 시장이고 반 경제적이며 국리민복(國利民福)에 반하는 것이기에 선진국처럼 산업보국 공적을 인정하는 합리적 대우를 해야 국익에 도움 되고 선진문화 수준의 민주주의로 도약할 것이다.

공자는 "가정맹어호(苛政猛於虎)는 기렴주구(苛斂誅求)"라 했다. "정치를 가혹하게 하는 것은 호랑이보다 무서운 것"인데 그것의 첫째가 "세금을 가혹하게 걷는 것"이란 말을 했다는 것은 세금은 "국민의 마음을 헤아려서 걷도록 해야 된다."는 말일 것이다.

구실 삼아서 명분이라며 이념으로 편 갈라 증세하는 것은 가혹한 정치다. 공정하고 합리적 조세정책은 개세주의(皆稅主義)에 부합되도록 "소득이 있는 사람에는 10원이라도 내도록 하고 1,000원을 돌려주더라도 모든 국민이 소득이 있으면 납세하도록 하는 것"이 정의로운 조세인데 내는 사람에게는 계속 더 내도록 징벌적이고 면세자에게는 공짜 밥에 습관 되도록 하는 이분법적 분열정치는 국가적으로나 국민의 정서에도 도움 되지 않기에 생산적 복지국가(근로소득 복지로 행복지수 향상)로 가는 길에 바람직하지 않고 불공정한 것이다. (소득 있는 면세자

"반 기업 하며 일자리 창출"이라는 말은 국민을 기망하는 것이고 연목구어(緣木求魚)라고 "나무에서 물고기 구하려는 것"과 같은 것이다.

기업이 성장하여 투자를 높여야 노동력이 증대되고 일자리가 창출되어 취업률이 높아지며, 젊은이들의 미래가 보장될 것을, 눈앞에 있는 노조원들에 감언이설로 호도하려는 구호일지 몰라도 반 기업으로 기업을 옥죄는 규제가 남발하는 것은 기업의 투자를 억압하는 것이라서 경제발전에 악영향을 주어 국가 재정에도 손실이며 국리민복에 반하는 것이며 "반 기업은 친 노동조합은 될지언정 반 일자리로 반 취업자 정책"인 것이다.

반 기업이란 말은 "농부가 농사처 팽개치며 자식에는 농사꾼 되는 것 싫어서 농사처 팽개치는 것이라며 위선으로 속임수 쓰며 먹고 살기를 부정하는 것"과 같은 말이다.

기업이란 태생적으로 돈 벌이가 보이면 "투자하지 말라 해도 투자하는 것"이 본성이고 본질이다.

그래서 정치인들의 감언이설(甘言利說)과 미사여구(美辭麗句)에 절대 속지 않도록 정치 행태를 알려는 것이 주권의식의 기본이라는 것이다.

후진국일수록 정치의 낙후성으로 국민의 삶에 가치가 좌우되는 경우가 많다는 것은 "국민의 정치 수준이 높아야 자신의 가치가 높아진다."는 것에 자각할 필요가 있다. 무상복지란 것도 국민의 혈세이지 정치인들 것이 아님을 자각하고 **무상 복지에 중독되면 삶의 가치 추락과 독이 든 꿀을 먹는 것**으로 알아야 된다.

독이 든 꿀이란 나랏빚을 미래세대에 책임 전가하는 것이고, 사회주의국가처럼 노동의 안일함에 안주할 수 있다는 것이다.

물론 여력이 안 되는 국민에는 생활의 기본 소득을 국가가 책임져야 하지만 현실은 표심을 노린 낭비성 무상복지가 많다는 것이며 생산적 복지가 노동과 삶의 질적 향상으로 행복추구권이 보장된다는 인식을 할 필요가 있다는 말이다.

그래서 어느 한 정권의 노예가 되지 말자는 것이다.

그리하여 정치 수준이 높아지면 국민은 정치에 초연하여 불필요한 시간과 열정을 바치지 않고 자신의 사회생활에만 전념하여 삶의 질을 높일 수 있어 행복하게 살 것이라는 말이다.

선진국일수록 국민이 정치에 매몰되지 않고 신경을 덜 쓰는 문화가 형성되고 있다는 사실이다.

선진국은 기회가 평등하고 과정은 공정하고 결과는 정의로

운 나라가 되었기에 그럴 것인데, 우리나라는 아직 구호는 거
창하나 현실은 먼 나라이고 역행하는 사실에는 윤리와 도덕의
정치는 보수냐 진보냐의 문제가 아니고 진영에 관계없이 사람
이 본질이라는 것을 작금의 정치 현실에서 입증되고 있다.

정치인 한두 명 때문에 온 나라 국민이 몇 년씩이나 혼돈에
빠지고 수사 받고 기소된 사람이 검찰개혁이라며 호도하며 반
격하는 사람이 많다는 것은 "공정하고 정의롭지 않다."는 증표
이고 반 민주주의적이라 보기에 행동하는 양심으로 살고자 구
술하고 있는 것이다.

몇 년 전까지는 기소되면 기소 된 자체를 부끄러워하며 정치
일선에서 물러나고, 무죄로 판결나야 만이 하고픈 말과 정치
재개하는 것이 관행이었다.

필자가 보는 정치인의 평가는 "사람의 진심을 알려면 '말
(입)이 아니고 행동(발)을 봐야 한다.' 했기에 한 말에 책임지는
가?"를 보는데, 내로남불 하고도 부끄러움 없이 뻔뻔스러움이
인면수심(人面獸心)이다. 대다수 정치인은 말의 성찬이 화려하
지만, 한 말에 책임감 없이 견강부회(牽強附會)하고 거짓하며 자
기 말에 합리화 하려는 경우가 많다.

세상사 옳고 그름이 삶에 기준이고 먼저인데 그러지 않고 관
행과 관습인 상식을 무시하고 내로남불 하며 잘못한 일에는 유

체이탈 화법으로 국민을 속이고 정치인들의 유·불리만을 계산하는 언행은 반 윤리와 반도덕이라서 반사회적인데 정치인들끼리는 편 갈라서 구밀복검(口蜜腹劍)이라고 "몸에 칼을 품고 입에 꿀을 바른 소리"하는 현상이 근래에 심화되어 추락하는 정치 현실에 팬덤(광신적으로 맹종, 맹신자)만을 보고 정치하는 사람은 전투(꼼수정치)에서 이기는 줄 알겠지만, 세상사 사필귀정(事必歸正)이라서 전쟁(진실, 역사)에서는 질 것이라는 것이 살아오며 나의 격물치지(格物致知)에서 얻은 신념이다.

내로남불 하고도 부끄러움 모르는 사람의 근본에는 양심, 체면, 윤리와 도덕심 없이 절차적 민주주의인 관행, 관습까지도 무시하는 반 민주주의가 기저에 있는 것이라서 인면수심(人面獸心)이라 보이고, 내로남불이란 말이 국제 뉴스가 된 것에는 국민적 수치이며 국격이 추락한 용어라 본다.

참으로 부끄러운 정치인들의 품격이고 인격이다.(일부겠지만)

이 모든 것은 국민들이 주권재민(主權在民) 정신으로 정치 수준을 높여야 국격이 높아져서 국민의 자존감이 향상되면 국민의 행복으로 귀결 될 것이고 국격이 높아져서 선진국으로 진일보 할 것이다.

주권재민 정신을 높이려면 국민의 각성이 전재되어야 하기에 강조하려는 말은 "정치인들이 같은 당이라고, 죄지은 사람도 피아 구분하여 편들고 감싸는 것은 '눈 뜨고 볼 수 없다.'는 목불인견(目不忍見)인데, 평시민이 편 갈라서 다투는 것은 인면수심(人面獸心)이라고 '사람의 얼굴로 짐승 짓 한다'는 생각을 해야 한다."는 것에서, 헌법을 준수하려 하고, 자유민주주의와 자본주의 시장경제 지키며, 안보 제일로 법치를 하며, 모든 것이 공정하고, 공평하고, 정의로운 정권이라면 진영을 논할 이유 없이 적극 지지해야 된다고 본다.

필자는 중국을 30여 년 전부터 여러 번 다녀오며 목도했고, 15여 년 전에 북유럽 여러 나라(노르웨이, 스웨덴, 핀란드 등) 관광 중에 러시아 모스크바에 갔을 때, 사회주의 국가에는 정의와 공정과 인권이 없는 것을 목도하고서, 자유민주국가로 발전한 대한민국이 얼마나 고귀하고 소중한지 절감하고, 우리나라에 대한 애국심이 커지고 자부심을 가졌었다.

애국심이 자기를 사랑하는 행복지향이다.

공정하고, 공평한 정권으로 인류 보편적 가치인 인권적 정의로움으로 경쟁하여 적자생존(適者生存)하는 사회가 되면 실력 있는 경쟁력으로 향상되어 국력과 국격이 높아져서 국민의 자존감이 높아지면 모든 국민에는 행복으로 귀결될 것인데 코로나 정국 속에 무상복지를 명분으로 국민에게 희망고문하며 환심 사는 정치를 보면서 "국민들이 알려고 해야 보일 것"인데 희망으로 착각하여 맹신하는 모습에 애국심으로 걱정하는 이유는, 급증하는 국가 부채는 미래세대 젊은이들이 쓸 돈을 가져다 쓰는 것인데도 인식하지 못하고 눈앞의 몇 푼에 현혹되어 양심을 파는 결과는 소탐대실이란 것이다.

영국의 정치 철학자 데이비드 런시먼의 저서에서 보면 오만한 안주(安住)를, "미래에 대한 '믿음'때문에 오늘 바로 필요한 '행동'을 하지 못하도록 만드는 것"으로 규정했다.

즉, 희망고문으로 "오늘의 주권을 포기하도록 한다."는 뜻일 것이다.

무상으로 주는 돈에는 안일하고 안주하는 게으름을 주는 것이라서 국민에 일자리 만들어 주는 생산적 복지가 최고의 복지인 것으로 알고 희망 고문에 속지 않는 지혜와 현명함이 자존심이다.

필자가 선택하는 정치인은 과거가 아닌 미래를 보고 내 기준에서 국가와 나에 도움 되는 사람을 선택한다.

첫 번째는 과거에서 정치인의 업적과 함께 인성과 신뢰성을 최우선 덕목으로 본다.

두 번째는 현재의 언행과 미래 비전 있는 공약을 하는지를 보는데 화려한 내용보다는 실현 가능한 것인지를 검토하여 속

보람 있는 삶의 행복

지 않으려는 것이 중요하다는 것이다.

세 번째는 미래의 나라와 나에게 얼마나 도움 되어 국리민복이 될 수 있을지에는 정당의 정체성도 복합적으로 분석하여 상대적 우월성을 비교하여 선택하는 것에 "과거가 미워서 반감으로 진영에 매몰되어 투표하는 것은 나의 미래를 부정할 수 있다는 자각과 지혜가 필요하다."는 것에는 정치는 미래를 설계하고 지향하는 혜안이 있어야하기에 그 기준으로 선택한다.

미래 준비 않는 과도한 포퓰리스트 정치인은 매국적 행위라 본다.

아무리 화려한 공약이라도 정치인의 과거 언행에서 신뢰성이 없다면 모든 것을 불신하는 것이 나를 보호하는 것이다. 그리고 기승전 '편 가르기' 하는 정치인은 국리민복 아닌 이기심에 기인한 사리사욕이라서, 미래가 없게 해야 나라가 발전하고 국민의 행복 추구권이 보장 될 것이다.

두 번 속지 않으려는 것은 나의 몫이고 나를 보호하려는 보호 본능의 지혜라 본다.

필자가 이 책에 정치를 논하는 것을 "뜬금없다." 볼지 모르나 인생사를 보람 있고 가치 있게 살아야 행복할 수 있기에 논하는 것이다.

주권재민 정신으로 "국민이 정치인에 지배당하지 않고, 지배하는 날이 되어야" 명실공히 선진국 되어 행복한 복지국가가 될 것이다. 내 후세대에 그런 날이 올 것이라 믿어본다.

인간의 영혼은 생명의 근원이기에 영혼을 놓친 인생은 생명 없는 인생이 된다는 것에서, 정치에 영혼 없는 인생으로 살지 않는 것이 주권재민이고 자기 사랑이다.

단순하고 논리가 빈약한 사람이 한쪽으로 경도되어 한 사람만이 지지하고 맹종맹신 한다는 자각으로 국가의 주권자로서 주인의식에 의한 주인 행사를 하자는 것이다.

정치 평가 3원칙

위선과 유체이탈화법(말)에 속지 말고 행동하는 진정성을 보고 평가하고 미래비전을 요구하자. 이것이 자존심 지키는 천명이고 학연, 지연으로 맹종, 맹신하여 정치 편가름에 속는 것은 영혼없는 노예 근성이며 이권 카르텔에 부역하지 않는 주권의식이 애국이고 자존심이고 자기사랑이다. 즉, 정치인도 먹고 살기 위해 정치하는 것이지 국가와 국민에 헌신하고 봉사하려는 것이 아니므로 고귀한 존재로 인식하지 않는 게 먼저라는 말이다.

주권재민 정신이 자존심이고 자기 사랑이다

보람 있는 삶의 행복

공노석 회고록

6

행복이
아름다운 인생의
전부다

6
행복이
아름다운 인생의
전부다

필자가 논하는 행복은 거시적이고 거국적인 거대 담론으로 논할 식견은 부족하기에 미시적이고 사회 구성원으로서 사사로운 생활 속에서 자신 스스로가 만드는 행복을 논하려는 것이다.

행복이 인생의 전부라서 모든 언행이 행복에 역행하거나 "꿈과 현실을 구별 못한다."는 전도몽상(顚倒夢想)으로 불행을 자초하지 않도록 살려는 것이 제일 중요하다는 내 생각이다.

공부와 돈도 종교도 행복하기 위한 수단으로 배우고 벌며 신앙생활 하는 것인데 공부하려는 수단으로 스펙을 쌓으려 불법을 저지르다 도리어 불행해지는 사람들을 목도하며 측은지심

(惻隱之心)을 갖기도 하지만 돈을 벌기 위해 불법과 탈법을 자행하다 "눈앞의 이익에만 눈이 어두워 뒤에서 닥치는 재해를 생각지 못한다."는 당랑규선(螳螂窺蟬)되는 것으로 인생에 치명상 되어 삶의 의미를 잃는 경우도 있기에 참으로 안타까운 현실이다.

성공이 꽃이라면 행복은 뿌리이고, 성공은 삶의 경유지일 뿐, 목표가 아니고 행복이 진정한 목적지라는 것에 역행하지 않도록 생활 철학으로 지켜야 한다는 것에는 "내일의 성취를 위하여 오늘의 행복을 포기하지 말라."는 것이다.

"성공해야 행복한 것이 아니고, 행복한 사람이 성공한다."는 것을 알아야 한다. "행복하려는 사람은 희망이 있고, 희망 있으면 진실하고, 진실한 사람은 아름답다."는 철학의 개념이 전도몽상(顚倒夢想)으로 불행을 자초하지 않는다.

그래서 진실하여 아름답게 살려면 고의적으로 피해주려 하지 않아도 인간이란 실수하며 살기에 반성하고 성찰하는 것이 발전의 원동력인데 "실수하고 잘못하고도 고치려 하지 않는 것이 더 잘못하는 것"이라는 과이불개(過而不改)를 가슴에 담고 살려 했고 살려 하고 있다는 데는 "성찰하지 않는 인생은 미래가 없다."는 말과 같기에 그렇다.

젊어서는 내 중심적으로 주관적 기준으로 남을 평가하고 판단하여 상대를 "틀렸다"고만 생각하니 나만 불행한 것 터득하고, 회갑기념 성지순례 시에 신부님께서 했던 말을 상기하여 "그러려니" 하고 "다르다"는 것으로 이해하고 양보하려 하니, 행복감이 더욱더 커지더라는 것이다.

그리하여 근래의 세상사에는 "이 또한 지나가리라" 하며 현실을 지나치게 실망도 낙관도 하지 않고 "그러려니" 하고 순응하며 "긍정의 힘으로 지혜롭고 현명하게 살아야 행복해지리라" 보고 있다.

젊어서는 용기가 있어야 하고, 장년기에는 신념이 있어야 하며, 늙어서는 지혜로워야 한다는 생각이다. 노마지지(老馬之智)라고 늙어서는 지혜로움이 있어야 한다는 것이다.

평범한 일상이 행복인 줄 아는 지혜가 참으로 중요한 것이라는 것을 코로나19 때문에 터득했고, "특별해야 행복하다"로 착각하는 것은 불행을 자초하고 불행을 일상화 하는 것이라는 사실이다.

행복하려면 "현재를 소중히 여기고, 비교하지 말라!" 했다. 만족할 줄 알면 항상 즐겁다는 사실이고 사랑하는 가족과 함께라면 더욱이 행복한 일상이라는 것이다.

행복은 일상에서 감사하는 마음과 공존하는 것이다. 감사하는 마음을 가지려면 옳고 바르게 살려 하는 것이 먼저라는 것에서 소크라테스가 말한 세 가지를 인용하고자 한다.

첫째는 "진실하게 사는 것"

둘째는 "아름답게 사는 것"

셋째는 "보람 있게 사는 것"이라 하며,

말도 바르게 하고, 생각도 바르게 하며, 행동도 바르게 하여, 생활 모든 것을 바르게 해야 한다며 잘 사는 것이 중요한 문제가 아니고, 바르게 사는 것이 중요하다는 것이다.

진심으로 행복한 사람은 "명예나 이익과 물질에 절대로 목숨 걸지 않는다."는 사실이다.

우리 사회에는 복이라는 개념이 행복이란 개념보다 일반적으로 통용되고 운명론적 잠재의식이 있는 것 같다. 그래서 복은 주어지는 것이지 찾아가는 것이란 사고가 부족한 것 같은데 각자가 만들어 간다는 자아의식이 있어야 "할 수 있다."는 개념이 "하면 된다."는 신념으로 발전하여 행복으로 귀결될 것이다.

내면의 열정을 따르면서 끊임없이 노력할 때 우리는 비로소 더 많은 행복을 찾을 수 있다. 내가 살아오면서 느끼는 복이라는 것에는 거대담론적으로 보면 세 가지가 있다고 본다.

첫째는 "주어지는 복"으로 어떠한 가정에서 태어나느냐로 운명의 가름이 좌우될 수 있는 여건과 환경이기에 본인의 의지와 뜻과는 무관하게 얻어지는 것이라서 순응하는 지혜가 필요하고 극복의 대상이 될 수도 있다는 것이 내가 겪고 살아온 삶에 과정이었기에 알 수 있다.

둘째는 "선택의 복"이라는 결혼으로 출발하여 인생을 엮어가는 과정에서 어떠한 사람으로 관계가 성립되느냐로 행복의 척도가 형성될 수 있기에, 배우자 선택이 제일 중요한 선택의 복이지만, 삶의 과정에서 친구와 지인의 관계에서 친분의 선택도 참으로 중요한 과정으로 운명론적 인생이 될 수 있다.

선택하는 과정에서는 자신이 좋아하고 친하고 사랑하는 관계에서 확증편향성이 있어 객관성이 떨어지므로 합리적 판단을 못하고 편애하고 편견을 사랑과 의리로 오인하고 오판할 수 있기에 친하고 좋아하고 사랑하는 사람일수록 객관성을 갖도록 노력해야 합리적 판단과 결정으로 실수나 실패하지 않고 오랜 기간 지속성과 연속성을 유지할 수 있다는 것이 지혜이고 현명함이다.

셋째로는 "만드는 복"이라는 것은 일생을 살면서 자신이 일구어 놓은 결과로, 인생의 3분의 1에 해당되는 노년기에 어떠한 환경과 문화를 영위하며 행복 찾아 가치 있게 사느냐 하는 것이다.

노년기의 삶을 어떻게 만드느냐는 것은 오르지 자신의 몫이고 자신의 책임이지 누구의 탓이란 있을 수 없기에 젊은 날에 준비하는 자세가 유비무환(有備無患)이라 하겠다.

그러려면 "남에게 피해주지 않고 정당하게 살겠다."는 정신이 "책임 있는 동기부여로 결과를 만든다."는 사실에서 복이라는 함수관계로 말하려는 것이다.

여기에는 정신 건강이 중요하기에 신앙생활 하며 마음을 다잡고, 조상을 섬김으로 사랑함에서 인성과 인품을 만들어 가는 것이 좋다는 경험치이고, 피해주지 않겠다는 것은 "부당하게 이윤추구 않겠다."는 것으로 "자존심을 지키겠다."는 함의가 있기에 자존감으로 승화될 거라는 것이다.

여기에 더 하여는 참되게 열심히 살며 귀감 되게 살려면, "얻고 받은 것에는 더하여 갚으려는 자세"로 "세상에 공짜가 없다."는 책임의식이 자신의 발전에 동기부여가 되어 만드는 복(행복)으로 귀결될 것이라 본다.

"부당한 이윤 추구 않겠다."는 것은 "부당한 피해도 받지 않겠다."는 함의적인 뜻으로, 삶의 과정에서 의도치 않게 상대가 실수로 손해 보이는 것은 측은지심(惻隱之心)으로 감수할 수 있으나, 고의로 피해 받는 것은 정당방위로 나를 지켜야만 세상을 정당하고 바람직하게 살 수 있다는 원칙을 갖고 있다.

　종교에서의 가르침과는 다르지만 사회적 현실을 적응하려면 자기 보호와 관리가 되어야 "남에게 피해주지 않고 살 수 있는 책임이 더 중요하다."고 보기에 자기 관리가 먼저라는 것이다.
　부당한 피해는 나를 지키기 힘든 고통이 수반되기에, 미연에 방지하려면 윤리와 도덕과 도리를 지키려 하며, 각종 법이란 것을 알아야 원인 제공 하지 않을 수 있어 자승자박(自繩自縛) 되지 않는다.
　모든 법을 다 알 수 없기에 가급적 많이 알려 해야 피해를 주지도 받지도 않고 공정하고 정의롭게 가치 있는 삶을 살 수 있다는 것이고, 나를 지키기 위함이란 내 삶을 보람되게 하여 행복하게 살려는 수단적 방법이라는 것이다.

　이 모든 행복 지향에는 가족 사랑이 절대적이란 것이다.
　사랑이 있는 사람에게는 희망이 있고, 희망이 곧 행복의 약속이라는 것에서, 사랑이 단절된 곳에는 희망과 행복이 머물 곳이 없다는 것을 알아야 한다.
　이런 사랑은 가족들 모두가 부합되게 따라와 주면 행복감이 효율적으로 극대화 될 것이다.

함의로 말하자면 이기주의자는 자신의 양심을 버리고 인격을 이용하는 것이라서, 사랑할 자격이 없어 불행을 자초하는 동기가 이기주의를 개인주의로 혼돈하거나 오인하여 그렇다는 것이다.

이기주의는 남에게 피해와 손해를 주면서까지 자신의 이익과 자유를 누리는 것이고, 개인주의는 남에게 피해와 손해를 끼치지 않는 범주일 것이다.

내 대선배 되는 분에게 "머지않은 날에 한국도 나랏빚 급증으로 베네수엘라나 남미 국가들 같이 될 것 같다." 하였더니 그분은 "개념 없이 지지하는 젊은이들이 갚을 빚이라 자업자득인데 우리가 뭐 하러 걱정하느냐." 하기에, 이제는 우리 노년세대도 "이기적으로 급변하는 세태가 되었구나." 하며 "이기주의를 개인주의로 착각하는 것은 아닌지" 하는 생각을 했었다.

인간은 본능적으로 자식 걱정하며 도움 주려는 것인데, 자신만을 생각하는 이기심으로 인간미가 극도로 추락하고 있다는 생각이면서도 그분에게는 자식한테 "실망했거나 기대할 것이 없다는 반증일 수도 있겠다." 싶었다.

또 한 후배 되는 C라는 친구는 딸만 둘을 훌륭한 재원으로 키워 큰 딸이 의사로 결혼한 후에 많이 허전해 하더니 한번은 모임에서 "딸에게 시부모에 잘 할 필요 없다." 했다기에 평소 인품으로 보아서는 어이가 없기에 "왜 그랬느냐?" 했더니 "딸을 빼앗긴 것 같아서 그랬다." 하기에 "참으로 부모자격 없는 짓이다." 했다. 부모라면 무조건 자식이 행복하길 바라는 것인데 "시부모와 가족 간에 갈등과 불협화음으로 살게 하겠다."는 것으로 딸을 불행하게 하는 것을 망각한 행위라서 부모로서는 절대 못 할 말이라서, 나는 아들에게 "처가에도 공평하게 잘하라." 가르쳤던 것과는 너무나 상반되기에 반감이 컸었던 것 같다. 아마도 그에게는 아들이 없어 자신의 이기심으로 그랬을 것 같은데, 그것은 이기심이기 전에 부모이길 포기하는 것이라서 할 수 없는 말이다. 단편적이고 단견의 이기심이 자식의 불행을 초래할 정도인 것을 터득해야 한다. 옛 어른들이 "집안이 잘 되려면 들어오는 식구가 잘 들어와야 한다."는 말을 그래서 했던 것 같다.

도둑질 하는 사람도 자식에게는 "도둑질하지 마라." 하는 것이 자식사랑이며 자격있는 부모의 가족 사랑이고 자존감이다.

나는 그동안 가족 모두가 콘도로 놀러가도 음식을 해 먹지 않고 모든 음식을 사먹는 것으로 하고 있는 것에는 며느리에 대한 배려심으로 사랑의 방법이었다.

내 자식이 귀하면 들어온 자식도 귀한 것이고, 내가하기 싫은 것은 남도하기 싫다는 보편적 마음으로 이기심을 배척하려는 것이 황금률이고 서로의 사랑이라는 생각이다.

출가한 자식에게 극도의 이기심을 심어주어, 불행을 초래하는 사람은 "시부모와 똑같은 재정 지원을 하겠다."는 책임의식에는 도외시 할 것이라서 이기적이고 왜곡된 부모인 것이다.

일반적 사랑이라 함에는 이기심 버리고, 나보다 더 많은 사람이 기쁨과 행복을 누릴 수 있도록 돕고 위하는 배려심에서 자신의 행복을 찾는 이타적 사랑을 말하는 것이다.

일생에서 행복만이 연속성이 가능하지 않다는 것도 인정하고 어려움과 시련을 통하여 극복하는 과정에서 더 고귀한 행복을 느끼는 것이라 본다.

등산객이 정상에 오르는 과정에서 바위 넘고 계곡을 건너가며 진한 땀을 흘리며 정상에 오른 정복감을 행복으로 느끼는 것인데, 중간에 등산을 중단하거나 포기하며 무의미 하다고 생각하는 것은 행복을 포기하는 낙오자가 된다는 것과 같이 세상을 극복하는 과정의 마음 자세에서 모든 행복이 온다는 것이다.

이러한 인고(忍苦)에서 얻어지는 행복감은 나의 고희연 기념으로 며느리 주도하에 아들들이 친인척 초청하여 식사 대접하고 답례는 일절 사양하면서 교통비까지 지급할 때, 내 삶의 철학에 부합되는 보람 있는 모습이라서 많은 기쁨으로 최고의 행복 이었다 볼 수 있으나 내 마음 속에는 고희연에서 들었던 "사랑합니다. 존경합니다." 하였던 말을 자식과 손자들 가슴에서 스스로 우러나오는 마음을 갖도록 살려는 목적 지향점이 실현되어 최고조의 행복감을 갖는 것이 과욕일지라도 그렇다 하겠다.

이런 행복 지향으로 살아온 인생이 만추(晚秋: 늦은 가을) 문턱에 있다고 보는 현실에서, 화려한 단풍은 아니라도 바라보는 사람들에 기쁨 주는 가을을 보내고, 백설이 만건곤할 때, 낙락장송(落落長松:커다란 소나무, 출세)은 못 되었어도 독야청청(獨也青青: 건강, 건전)한 모습(추하지 않고 멋진)으로 가려는 꿈과 바람이 있다.

나는 "얼마나 오래 사느냐 보다 어떻게 사느냐"가 중요하기에 마지막까지 추하지 않고 자식들에게 폐가 되지 않게 가려는 것은 가족 사랑이기도 하지만 나 자신을 위해서도 그렇다.

생의 마지막 순간까지 충실하게 살았고 부끄럽게 살지 않았다고 자부할 수 있기를 희망하고 기대하는 이유에는,

1. 내 나름대로는 최선을 다하며 살았고
2. 자신 있게 견디며 성취감으로 살았고

3. 부끄럽지 않은 인생이었다 할 수 있고

4. 비굴하지 않고 떳떳하게 자신감으로 살았고

5. 편법과 탈법으로 남에게 피해주며 살지 않았고

6. 불의에 굴하지 않고 맞서서 정의롭게 살았고

7. 온갖 어려움을 겪었어도 꿋꿋하게 살았으며, 수많은 일을 겪었어도 후회 없이 살았기에 내 보잘 것 없는 삶에도 의미 있고 보람은 있었다 할 수 있기에 하는 말이다.

부모님의 은덕으로 20년을 자라고 배움으로 인생살이 초석을 놓고, 사회생활을 무일푼으로 출발하여 나름 보람을 느끼며 행복을 영위하고 있기에, 성숙되어가는 과정으로 익어가는 여생을 만들어 보람 있게 "저녁노을을 붉게 물들이지 못하였어도 아름다운 석양"으로 행복하게 가리다.

그러함에서 회고록 쓰며 내 부족하고 모자람을 실감하기에 세대 차이를 보정(補正)하려는 생각에서 성찰하려 나 자신을 되돌아보면 1차 산업시대에 세계 최 빈곤 나라에서 태어나 굶주림의 헝그리 정신으로 살아온 우리 세대의 물질 만능 우선 환경과 3차 산업과 4차 산업 시대에 경제 10대 강국이 된 나라에서 태어나 굶주림이 무엇인지 모르며 인공지능 AI와 빅 데이터와 5G를 접하며 사는 자식과 손자들과는 환경 자체가 격세지감(隔世之感)이니 세상을 보고 느끼며 살아가는 방식도 완전히 다를 수밖에 없다는 사실을 직시하며 노마지지(老馬之智)하는 기쁨으로 받아들여 "뿌듯한 마음으로 행복해 하며 여생을 보내리라." 하고 있다.

이 모든 것은 사랑하는 아내와 가족이 있기에 희망으로 가슴에 품을 수 있다고 생각되므로 감사하며 "보람 있는 삶이 행복이었다." 하겠다.

내 자식들에게 바라고 기대하고 싶은 것은, 주어진 직업에 최선을 다하여 그 분야에서 성취자 되고 인격적으로 귀감이 되도록 살며, 누구에게나 필요하고 감사한 대상으로 살면서 "아버지를 뛰어 넘는다."는 승어부(勝於父)가 되기를 소망하며 유교사상과 그리스도의 정신으로 봉사하는 가정이 되어 보람 있는 삶으로 살며, "자기를 귀하게 여기어 남을 천하게 여기지 말라."는 물이귀기이천인(勿以貴己而賤人)이란 말을 가슴에 담고 행복한 삶을 영위하길 기원한다.

철학은 인생 진리의 해답이기에 "유교사상에서 배우고" 종교적 신앙은 "인생의 마지막 물음에 대한 해답이다."는 것에 공감하기에 철학적 신념과 종교적 신앙심으로 살기 바란다.

그러기 위해서는 세상사를 철학이나 종교적 신앙심 없이 유·불리만을 지혜이고 현명함인 줄 아는 인면수심(人面獸心)의 세상에서 유리하고 불리함을 최우선시 하는 것은 불행이 수반

되는 것이고 옳고 그름을 최우선시 하는 지혜로움이 행복을 수
반하는 것이라는 사실을 명심하길 바란다.

즉, 모든 선택과 결정에서 무엇보다 최우선시 할 것은 옳고
그름이고, 다음으로 유리하고 불리함을 선택해야 행복이 보장
된다는 것이다. 이 말을 논어에서 배운 말로 하면 "견물생심(見
物生心)에는 견득사의(見得思義)해야 된다."는 내가 조합한 말이
다. 견득사의는 "이득이 있을 때는 옳은지 생각하라."는 말이
기에 그렇다.

이것이 진정으로 자기 사랑이라서 행복으로 귀결될 것이다.

끝으로 하버드대학 행복학 명강의를 총망라한 책 『느리게 더
느리게』(장샤오형 지음, 최인애 옮김)에 있는 말을 인용하고자 한다.

자신의 행복만을 생각하는 사람은 영원히 행복해질
수 없다.

가난한 사람이 부처에게 물었다.

"나는 왜 성공하지 못합니까?"

"베푸는 법을 배우지 못했기 때문이다."

가난한 사람이 다시 물었다.

"저에게는 아무것도 없는데 어떻게 베풀란 말입니까?"

그러자 부처는 웃으며 말했다.

"아무것이 없어도 베풀 수 있는 것이 많다.

첫째는 화안시(和顏施)라 하여 웃는 얼굴로 베푸는 것이다.

둘째는 언시(言施)로, 칭찬하고 격려하는 말을 많이 하는 것을 말한다.

셋째는 심시(心施), 마음의 문을 열고, 남에게 진실함을 베푸는 것이다.

넷째는 안시(眼施), 선의어린 눈빛을 보내는 것이다.

다섯째는 좌시(座施)로, 남에게 양보하는 것이다.

마지막은 방시(房施)다, 이는 다른 사람을 품는 마음가짐을 갖는 것을 말한다.

여기에 덧붙여 군자불기(君子不器)라는 말은 "군자는 어느 곳에서나 필요한 사람으로 살 수 있어야 한다."는 말이 되므로 베풀고 나눌 줄 아는 사람은 어딜 가나 사랑과 환영을 받기에 결국에는 자신이 베푼 것보다 더 많은 것을 보답으로 얻는다.

남을 사랑하고 돌보는 것은 자신의 인생길을 넓게 여기는 것과 같다. 그래서 나누고 베풀수록 우리의 삶은 더욱더 풍성하고 행복해진다.

내 주변의 모든 분들이 "베풀고 나누며 감동과 감사를 잊지 않을 때만이 비로소 진실한 우정과 사랑을 얻을 수 있다."고

하니 그러한 세상이 되어 모두가 보람 있는 삶으로 행복하길 희망하며 기대하는 소망으로 모두의 강녕(康寧)을 바라며, 내가 알고 나를 아는 주변의 모든 지인들과 이 책을 읽는 모두에게 "감사"한 마음으로 "사랑"을 남기며 "평화롭고 행복한 삶으로 아름다운 일생을 영위하길" 송무백열(松茂栢悅)의 마음으로 희망하고 기원한다.

송산(松山) 공노석(孔魯錫) 스테파노가 바라는 기도

모두에 평화를
서로가 사랑을
만사에 감사를
우리 가족 모두의 마음입니다.

보람 있는 삶의 행복

공노석 회고록

7
추억으로
남기고 싶은
기억들

인간은 만남의 미학에서
인생 좌표가 형성된다

존경하는 양영환 선생님과 친구 이철구 교장, 이종학 사장과 함께 스승의 날에 예당호공원에서
(2020. 5. 15)

삶의 좌표를 일깨워 주신 은사님
많은 은사님 중 제일 존경하는 양영환 선생님을 모시고 예당호 출렁다리에서(2020. 5. 15)

보람 있는 삶의 행복

버릴 성품 하나 없는 샤방들
샤방회 친구들과 미시령 고개에서 설악산을 배경으로 최윤화, 필자, 황규현,
남봉희 사장과 2018년 가을날에 샤방이었다.

생에 잊을 수 없는 친구들
30대 초반부터 언제나 부부
동반으로 우정과 사랑을 함께
하고 있는 한마음회 친구들에
게 항상 감사하고 있다. 그 친
구들로부터 이사로 승진할 때
받은 축하패(1990. 5. 16)

서공건설 창립 개업식과 사업설명회(1995. 3. 7)
첫 사업으로 진행한 양평 양수리 리버빌리지의 규모와 시행 내용 설명회로 의미 있는 개업식을 했다.

서공건설 창립 개업식과 사업설명회 인사말 중
(1995. 3. 7)
테헤란로 샹젤리제 오피스텔 뷔페식당에서 여러 정치인과 지인, 연예인이 참석하여 과분한 축하를 받았다.

서공건설 창립 후 첫 전원주택단지, 양평 양수리 리버빌리지 입간판석
(1995. 3.)
택지 12필지에 전원주택 신축 분양과 택지 분할 분양을 하여, 첫 사업을 보람 있게 마감했다.

광복절 36주년 행사장에서 경축사를 하는 모습(1981. 8. 15). 사우디 알루카이 현장에서 직원들, 기능공들의 노래자랑과 경축행사가 뜻 깊었다 (경축사 내용은 글 속에 있다).

사우디 현장 휴일(1981. 6. 12.)에 쿠웨이트 앞바다 페르시아만으로 해수욕하려 사막을 횡단하다 길을 잃었을 때, 구세주 유목민을 만나 길 안내 받고 사진 찍을 특권을 무디루(책임자)에게만 주겠다 하여 처음으로 낙타 등에 타 보았다.

천신만고 끝에 간 페르시아만 카푸치 해변에서 장인상 주임, 필자, 한종호 과장, 김덕중 과장과 저녁노을을 배경삼아 한 컷(해변에 게가 어찌나 많은지 라면박스 몇 개에 담아왔다).
(사연 내용은 글 속에 있다)

단독주택에 살면서 어느 날 손자들과 망중한의
행복, 사랑하는 손자 윤, 준(2012)

남한산성 순교자 성지 예수 그리스도상 앞에서
마음으로 고해성사하다(공 스테파노).

병오박해 당시 한국 최초 신부님인 김대건 안드레아 신부님 솔뫼성지(솔뫼는 나
의 호 송산(松山)의 순 우리말이다)

고희 날 받은 가족의 사랑 답문(答問)에 보답(報答) 되게 살리라.
(근친들, 친인척만 초청하여 베풀었다. 2019. 3.)

집 현관 입구에서 '仁義禮智(인의예지)'
를 항상 가슴에 담는다.

중국 곡부(曲阜) 공자공원에 있는 만세사표(萬世師表)인 공자 동상(높이 72m), 공기 2570주년에 가족과 함께 참배(2019)

중국 산동성 곡부에 있는 공자 박물관에서 아내와 함께(2019. 9. 28)

공부자 시조님 묘지에 참배. 공자 탄신 2570주년(2019. 9. 28)에 중국 곡부에 방문
한국곡부공씨종친회 주관에 서울종친회장 자격으로 가족들과 함께 참배(2019. 9. 27~10. 1)

협력업체에서 "어진 마음을 크게 갖고 태산을 이루라"며 가져다 준 도자기인데 욕심일지라도 못 다한 꿈이 있어 아쉬움이 있다.

감나무에 까치는 우리 국민성을 신뢰하기에 감사한 마음으로 찾아올 것이다.

피 끓던 젊은 날이여. 합기도 3단으로 세상을 자신 있게 살아가는 모멘텀이 되었기에 남을 공격하는 것은 부끄러움으로 알고 내 자신을 보호하려는 본성을 키워왔다.

건강관리는 '가장 가치 있는 투자'라서 일상이 되었다(30대에 터득하여 초지일관함).

건강의 리스크 관리 수단으로 성찰과 사색하며 등산한다(남한산성 지화문[至和門, 남문] 앞에서).

큰아들 미국 유학 시, 친구아들 겸
아들친구인 문오형과 함께라서 여
러 추억과 경험을 갖고 있다.
(2003. 12.)
하루는 LA에서 그랜드캐니언 일
출 보러 가는 밤길에 눈이 내려 운
전하는 아들 걱정을 많이 했다.

미 서부 관광 중에 LA에 거주하는
최병완 선배 집에서 내 아내 생일
파티를 거하게 받았기에 항상 감
사한 마음을 갖고 있다.
(2003. 12. 12 최 선배 가족과 함께)
(사연은 글 속에도 있다)

여동생 환갑 기념 동행 시, 뉴질랜드를 거쳐서 호주 시드니
예술의 전당 앞 선상에서(2013. 5.)

251

고희 기념 여행 중, 나이아가라 폭포 앞에서(2019년 봄날에)

고희 기념으로 미국 캐나다 여행을 70여 년 동행한 죽마 고우 이철구 교장 내외와 함께라서 좋은 추억과 즐거움이 가득했다(2019년 봄날, 뉴욕 자유의 여신상 앞에서).

보람 있는 삶의 행복

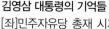
김영삼 대통령의 기억들
[좌]민주자유당 총재 시계, [중]14대 대통령 취임식장 참관 비표 65번(친구 옥치일 경호처장의 배려였음), [우]14대 대통령 시계 하사품.

고 김영삼 대통령 민주화 운동 시, '닭의 목을 비틀어도 새벽은 온다.'와 '큰 뜻에는 막힘이 없다.'는 뜻으로 좌우명 '大道無門(대도무문)'을 투쟁정신으로 삼았던 것에 매료되어 단순하고 논리가 부족했던 젊은 날에 맹신했던 것을 철 들며 성찰했다.
(기억에 대한 내용은 글 속에 있음)

노무현 민주당 상임고문에 질의응답. 개혁은 목적 아닌 수단인데 만능으로 호도한다. 경제가 잘못 되는 것보다 잘못되는지 모르는 게 더 문제라고 했다(진행석에 필자).
(2001. 8. 8 조선호텔 조찬회에서)
(질의 내용은 글 속에 있음)

김종필 자민련 총재와 질의응답. 국회의원도 무노동 무임금 해야 한다고 했더니 좋은 뜻이라고 본다고 했다(진행석에 필자).
(1996. 6. 5 조선호텔 조찬회에서)
(질의 내용은 글 속에 있음)

남한산성 성곽 쉼터에서 서울시경관을 내려다보고 삶의 의미와 가치를 가슴에 담고 내일의 꿈을 갖고 내려온다.

현재 거주하는 집 테라스 전경, 용송나무 두 주와 감나무 두 주와 주목과 블루베리와 텃밭에 화초 등등

인간의 삼라만상이 흙 위에서 이루어지며 인간은 태초에 흙으로 빚어져 흙에서 왔다. 흙으로 돌아가는 인생이라는 뜻에서 죽음을 "돌아갔다" 하였기에 삶을 흙과 함께 하려는 방편으로 자연환경에 가까운 테라스를 좋아하며 많은 생각을 얻고 터득하는 깨달음의 공간으로 활용한다.

지은이 공노석(孔魯錫)

　1950년 2월 충청남도 아산시 둔포면 신양리에서 출생하여 천안공고 건축과를 졸업하고 공군 221기 병장 전역 후, 1975년 라이프주택(계열사: 보험사, 증권사, 신용금고, 전자, 호텔, 골프장, 가구 등) 공채 사원으로 입사하여 3년 만에 현장소장 직책을 수행하기 시작했다.

　사우디아라비아 현장 부소장을 거쳐, 입사 5년만인 30세에 부장이 되어 현장소장으로 계속 근무하며 주경야독으로 성균관대학교 경영전문대학원에서 경영학을 수료하고, 39세에 임원인 이사로 승진하였다. 44세에 뜻한 바가 있어 라이프주택을 퇴사하고, 서공건설을 창업하여 전원주택 신축 분양업을 하였으며, 또 다른 일심주택은 상업용 건물 임대업을 하며, 부족한 경영 수업을 하고자 IMF 때(1998년)에 서강대 특수경영 대학원을 수료하였으며, 상업용 건물 신축 분양 임대업을 하며 지인들의 신축공사도 하고 건축 전문직으로 살고 있다.

　필자는 70 평생을 살면서 행복하게 살고자 "유덕동천(惟德動天)"이라는, "덕(德)을 쌓아야 하늘이 돕는다."는 것을 신념으로 안갚음 할 부모님뿐만 아니라 내 생에 도움 준 모든 분들에게 "결초보은(結草報恩) 하려는 보답의 자세가 보람이 되어 행복하다."는 진리를 회고(回顧)하며 "보람 있는 삶의 행복"이라는 것을 후세대에 교훈으로 주고 "인류가 세상을 지배할 수 있었던 힘은 기록과 축적에서 나왔다." 하기에 나의 보잘 것 없는 삶이었다 하여도 기록으로 온고지신(溫故知新)하도록 족적(足跡)을 남기고자 회고록(回顧錄)을 집필하였다.

가족이 행복의 원천(源泉)이고 동기(動機)였다

(채워야 할 가족이 있기에 미완성이다. 2017년 모습)